AF740954

www.ingramcontent.com/pod-product-compliance
Lightning Source LLC
LaVergne TN
LVHW010056061026
849532LV00007BA/2435
* 9 7 8 9 3 6 9 0 8 9 8 6 4 *

روشنی کی رفتار

(افسانے)

قرۃ العین حیدر

© Qurratulain Hyder
Raushni ki raftaar (Short Stories)
by: Qurratulain Hyder
Edition: December '2025
Publisher :
Taemeer Publications LLC (Michigan, USA / Hyderabad, India)

ISBN 978-93-6908-986-4

مصنف یا ناشر کی پیشگی اجازت کے بغیر اس کتاب کا کوئی بھی حصہ کسی بھی شکل میں بشمول ویب سائٹ پر اَپ لوڈنگ کے لیے استعمال نہ کیا جائے۔ نیز اس کتاب پر کسی بھی قسم کے تنازع کو نمٹانے کا اختیار صرف حیدرآباد (تلنگانہ) کی عدلیہ کو ہو گا۔

© قرۃ العین حیدر

کتاب	:	**روشنی کی رفتار** (افسانے)
مصنف	:	**قرۃ العین حیدر**
صنف	:	فکشن
ناشر	:	تعمیر پبلی کیشنز (حیدرآباد، انڈیا)
سالِ اشاعت	:	۲۰۲۵ء
صفحات	:	۱۴۸
سرورق ڈیزائن	:	تعمیر ویب ڈیزائن

فہرست

۱

ستاروں سے آگے

کرتار سنگھ نے اونچی آواز میں ایک اور گیت شروع کر دیا۔ وہ بہت دیر سے وہی ایک ماہیا الاپ رہا تھا جس کو سنتے سنتے حمیدہ کرتار سنگھ کی پنکچ جیسی تانوں سے، اس کی خوب صورت داڑھی سے، ساری کائنات سے اب اس شدت کے ساتھ بے زار ہو چکی تھی کہ اسے خوف ہو چلا تھا کہ کہیں وہ سچ مچ اس خواہ مخواہ کی نفرت و بے زاری کا اعلان نہ کر بیٹھے اور کامریڈ کرتار ایسا سویٹ ہے فوراً برا مان جائے گا۔ آج کے پچ میں اگر وہ شامل نہ ہوتا تو باقی کے ساتھی تو اس قدر سنجیدگی کے موڈ میں تھے کہ حمیدہ کو زندگی سے اکتا کر خودکشی کرنی پڑ جاتی۔ کرتار سنگھ گڈو گراموفون تک ساتھ اٹھا لایا تھا۔ ملکہ پکھراج کا ایک ریکارڈ تو کیمپ ہی میں ٹوٹ چکا تھا، لیکن خیر۔

حمیدہ اپنی سرخ کنارے والی ساڑی کے آنچل کو شانوں کے گرد بہت احتیاط سے لپیٹ کر ذرا اور اوپر کو ہو کے بیٹھ گئی جیسے کامریڈ کرتار کے ماہیا کو بے حد دل چسپی سے سن رہی ہے۔ لیکن نہ معلوم کیسی الٹی پلٹی الجھی الجھی بے تکی باتیں اس وقت اس کے دماغ میں گھسی آ رہی تھیں۔ وہ "جاگ سوزِ عشق جاگ" والا بے چارہ ریکارڈ شکنتلا نے توڑ دیا۔

"افوہ بھئی۔" بیل گاڑی کے ہچکولوں سے اس کے سر میں ہلکا ہلکا درد ہونے لگا اور ابھی کتنے بہت سے کام کرنے کو پڑے تھے۔ پورے گاؤں میں ہیضے کے ٹیکے لگانے کو

پڑے تھے۔ "توبہ!" کامریڈ صبیح الدین کے گھونگھریالے بالوں کے سر کے نیچے رکھے ہوئے دواؤں کے بکس میں سے نکل کر دواؤں کی تیز بوسیدگی اس کے دماغ میں پہنچ رہی تھی اور اسے مستقل طور پر یاد دلائے جا رہی تھی کہ زندگی واقعی بہت ہی تلخ اور ناگوار ہے۔۔۔ ایک گھسا ہوا، بے کار اور فالتو سا ریکارڈ جس میں سے سوئی کی ٹھیس لگتے ہی وہی مدھم اور لرزتی ہوئی تانیں بلند ہو جاتی تھیں جو نغمے کی لہروں میں قید رہتے رہتے تھک چکی تھیں۔ اگر اس ریکارڈ کو، جو مدتوں سے ریڈیو گرام کے نچلے خانے میں تازہ ترین البم کے نیچے دبا پڑا تھا، زور سے زمین پر پٹخ دیا جاتا تو حمیدہ خوشی سے ناچ اٹھتی۔

کتنی بہت سی ایسی چیزیں تھیں جو وہ چاہتی تھی کہ دنیا میں نہ ہوتیں تو کیسا مزہ رہتا۔۔۔ اور اس وقت تو ایسا لگا جیسے سچ مچ اس نے " I dreamt I dwell in marble halls" والے گھسے ہوئے ریکارڈ کو فرش پر پٹخ کے ٹکڑے ٹکڑے کر دیا ہے اور جھک کر اس کی کرچیں چنتے ہوئے اسے بہت ہی لطف آ رہا ہے۔ عنابی موزیک کے اس فرش پر، جس پہ ایک دفعہ ایک ہلکے پھلکے Foxtort میں بہتے ہوئے اس نے سوچا تھا کہ بس زندگی سمٹ سمٹا کے اس چمکیلی سطح، ان زرد پردوں کی رومان آفریں سلوٹوں اور دیواروں میں سے جھانکتی ہوئی ان مدّھم برقی روشنیوں کے خواب آلود دھندلکے میں سما گئی ہے، یہ تپش انگیز جازیوں ہی بجتا رہے گا، اندھیرے کرنوں میں رکھے ہوئے سیاہی مائل سبز فرن کی ڈالیاں ہوا کے ہلکے ہلکے جھونکوں میں اسی طرح جھکولے کھاتی رہیں گی اور ریڈیو گرام میں ہمیشہ پولکا اور رمبا کے نئے نئے ریکارڈ لگتے جائیں گے۔ یہ تھوڑا ہی ممکن ہے کہ جو باتیں اسے قطعی پسند نہیں وہ بس ہوتی ہی چلی جائیں۔۔۔ ریکارڈ گھستے جائیں اور ٹوٹتے جائیں۔

لیکن یہ ریکارڈوں کا کیا فلسفہ ہے آخر؟ حمیدہ کو ہنسی آ گئی۔ اس نے جلدی سے کرتار

سنگھ کی طرف دیکھا۔ کہیں وہ یہ نہ سمجھ لے کہ وہ اس کے گانے پر ہنس رہی ہے۔

کامریڈ کرتار گائے جا رہا تھا، "وس وس وے ڈھولنا۔۔۔" اُف! یہ پنجابی کے بعض الفاظ کس قدر بھونڈے ہوتے ہیں۔ حمیدہ ایک ہی طریقے سے بیٹھے بیٹھے تھک کے بانس کے سہارے آگے کی طرف جھک گئی۔ بہتی ہوئی ہوا میں اس کا سرخ آنچل پھڑپھڑائے جا رہا تھا۔ اسے معلوم تھا کہ اسے چمپئی رنگ کی ساڑی بہت سوٹ کرتی ہے۔ اس کے ساتھ کے سب لڑکے کہا کرتے تھے کہ اگر اس کی آنکھیں ذرا اور سیاہ اور ہونٹ ذرا اور پتلے ہوتے تو ایشیائی حسن کا بہترین نمونہ بن جاتی۔ یہ لڑکے عورتوں کے حسن کے کتنے قدر دان ہوتے ہیں۔ یونی ورسٹی میں ہر سال کس قدر چھان بین اور تفصیلات کے مکمل جائزے کے بعد لڑکیوں کو خطابات دیئے جاتے تھے اور جب نوٹس بورڈ پر سالِ نو کے اعزازات کی فہرست لگتی تھی تو لڑکیاں کیسی بے نیازی اور خفگی کا اظہار کرتی ہوئی اس کی طرف نظر کیے بغیر کوریڈور میں سے گزر جاتی تھیں۔ کم بخت سوچ سوچ کے کیسے مناسب نام ایجاد کرتے تھے، "عمر خیام کی رباعی"، "دہرہ دون ایکسپریس"، "بال آف فائر"، It's love I'm after، "نقوشِ چغتائی"، "بلڈ بنک۔"

گاڑی دھچکے کھاتی چلی جا رہی تھی۔ "کیا بجا ہوگا کامریڈ؟" گاڑی کے پچھلے حصّے میں سے منظور نے جمائی لے کر جتندر سے پوچھا، "ساڑھے چار۔ ابھی ہمیں چلتے ہوئے ایک گھنٹہ بھی نہیں ہوا۔" جتندر اپنا چار خانہ کوٹ گاڑی بان کے پاس پرال پر بچھائے، کہنی پر سر رکھے چپ چاپ پڑا تھا۔ شکنتلا بھی شاید سونے لگی تھی حالاں کہ وہ بہت دیر سے اس کوشش میں مصروف تھی کہ بس ستاروں کو دیکھتی رہے۔ وہ اپنے پیر ذرا اور نہ سکیڑ تی لیکن پاس کی جگہ کامریڈ کرتار نے گھیر رکھی تھی۔ شکنتلا بار بار خود کو یاد دلا رہی تھی کہ اس کی آنکھوں میں اتنی سی بھی نیند نہیں گھسنی چاہیے۔ ذرا ویسی یعنی نامناسب سی بات ہے، لیکن

دھان کے کھیتوں اور گھنے باغوں کے اوپر سے آتی ہوئی ہوا میں کافی خنکی آچلی تھی اور ستارے مدھم پڑتے جارہے تھے۔ "بس بس وے ڈھولنا۔"

اور اب کرتار سنگھ کا جی بے تحاشا چاہ رہا تھا کہ اپنا صافہ اتار کے ایک طرف ڈال دے اور ہوا میں ہاتھ پھیلا کے ایک ایسی زور دار انگڑائی لے کہ اس کی ساری تھکن، کوفت اور درماندگی ہمیشہ ہمیشہ کے لیے کہیں کھو جائے یا صرف چند لمحوں کے لیے دوبارہ وہی انسان بن جائے جو کبھی جھیلم کے سنہرے پانیوں میں چاند کو ہلکورے کھاتا دیکھ کر امر جیت کے ساتھ پنچھی کی سی تانیں اڑایا کرتا تھا۔ یہ لمحے، جب کہ تاروں کی بھیگی بھیگی چھاؤں میں بیل گاڑی کچی سڑک پر گھستی ہوئی آگے بڑھتی جارہی تھی، اور جب کہ سارے ساتھیوں کے دلوں میں ایک بیمار سا احساس منڈلا رہا تھا کہ پارٹی میں کام کرنے کا آتشیں جوش وخروش کب کا بجھ چکا ہے۔

ہوا کا ایک بھاری سا جھونکا گاڑی کے اوپر سے گزر گیا اور صبیح الدین اور جتندر کے بال ہوا میں لہرانے لگے لیکن کرتار سنگھ لیڈیز کی موجودگی میں اپنا صافہ کیسے اتارتا؟ اس نے ایک لمبا سانس لے کر دواؤں کے بکس پر سر ٹیک دیا اور ستاروں کو تکنے لگا۔ ایک دفعہ شکنتلا نے اس سے کہا تھا کہ کامریڈ تم اپنی داڑھی کے باوجود کافی ڈیشنگ لگتے ہو اور یہ کہ اگر تم ایئر فورس میں چلے جاؤ تو اور بھی killing لگنے لگو۔

اُف یہ لڑکیاں!

"کامریڈ سگریٹ لو۔" صبیح الدین نے اپنا سگرٹوں کا ڈبہ منظور کی طرف پھینک دیا۔ جتندر اور منظور نے ماچس کے اوپر جھک کے سگریٹ سلگائے اور پھر اپنے اپنے خیالوں میں کھو گیے۔ صبیح الدین ہمیشہ عبد اللہ اور کریون سے پیار کرتا تھا۔ عبد اللہ تو بلکہ اب ملتا بھی نہیں۔ صبیح الدین ویسے بھی بہت ہی رئیسانہ خیالات کا مالک تھا۔ اس کا باپ تو ایک

بہت بڑا تعلقہ دار تھا۔ اس کا نام کتنا اسمارٹ اور خوب صورت تھا: صبیح الدین احمد۔۔۔ مخدوم زادہ راجہ صبیح الدین احمد خاں! افوہ! اس کے پاس دو بڑی بڑی چمک دار موٹریں تھیں۔ ایک موریس اور ایک ڈی۔ کے۔ ڈبلیو۔ لیکن کنگ جارجز سے نکلتے ہی آئی۔ ایم۔ ایس۔ میں جانے کے بجائے وہ پارٹی کا ایک سرگرم ورکر بن گیا تھا۔ حمیدہ ایسے آدمیوں کو بہت پسند کرتی تھی۔ آئیڈیل قسم کے۔ لیکن اگر صبیح الدین اپنی موریس کے اسٹیئرنگ پر ایک بازو رکھ کے اور جھک کے اس سے کہتا کہ حمیدہ مجھے تمہاری سیاہ آنکھیں بہت اچھی لگتی ہیں، بہت ہی زیادہ۔۔۔ تو وہ یقیناً اسے ایک زور دار تھپڑ رسید کرتی۔ پانی کے رنگین بلبلے!

کرتار سنگھ خاموش تھا۔ سگریٹ کی گرمی نے منظور کی تھکن اور افسردگی ذرا دور کر دی تھی۔ ہوا میں زیادہ ٹھنڈک آچلی تھی۔ جتندر نے اپنا چارخانہ کوٹ کندھوں پر ڈال لیا اور پرانی پرال میں ٹانگیں گھسا دیں۔ منظور کو کھانسی اٹھنے لگی، "کامریڈ تم کو اتنے زیادہ سگریٹ نہیں پینے چاہئیں۔" شکنتلا نے ہمدردی کے ساتھ کہا۔ منظور نے اپنے مخصوص انداز سے زبان پر سے تمباکو کی پتّی ہٹائی اور سگریٹ کی راکھ نیچے جھٹک کر دور باجرے کی لہراتی ہوئی بالوں کے پرے افق کی سیاہ لکیر کو دیکھنے لگا۔۔۔ یہ لڑکیاں! طلعت کیسی فکرمندی سے کہا کرتی تھی، "منظور! تمہیں سردیوں بھر ٹانک استعمال کرنے چاہئیں: اسکاٹس ایملشن یا ریڈیو مالٹ یا آسٹومالٹ۔۔۔ طلعت، ایرانی بلی! پہلی مرتبہ جب بوٹ کلب کے Regatta میں ملی تھی تو اس نے "او گوش! تو آپ جرنلسٹ ہیں۔۔۔ اور اوپر سے کمیونسٹ بھی۔۔۔ افوہ!" اس انداز سے کہا تھا کہ ہیڈی لیمار بھی رشک کرتی۔ پھر، آخری بار، جب خوابوں کی بستیاں بس کے اجڑ چکی تھیں، اس نے دور سے منظور کو مرمریں ستون کے پاس، پام کے پتوں کے نیچے بیٹھا دیکھ لیا تھا اور اس کی طرف آئی

تھی۔۔۔ اتنی ہمدرد تھی وہ۔۔۔ یقیناً۔ اس نے پوچھا تھا،

"ہلو چائلڈ۔ ہاؤ از لاف؟"

Ask me another. منظور نے کہا تھا۔

"اللہ! لیکن یہ تم سب کو آخر کیا ہو گیا ہے۔" فکرِ جہاں کھائے جا رہی ہے۔ مرے جا رہے ہیں۔ سچ مچ تمہارے چہروں پر تو نحوست ٹپکنے لگی ہے۔ کہاں کا پروگرام ہے؟ مسوری چلتے ہو؟ پر لطف سیزن رہے گا اب کی دفعہ۔ بنگال؟ ارے ہاں، بنگال۔ ٹھیک تو ہے۔ ہاں میری بہترین خواہشیں اور دعائیں تمہارے ساتھ ہیں۔ پکچرز چلو گے؟" جین آئر" اس قدر غضب کی ہے" گوش!" پھر وہ چلی گئی۔ پیچھے کافی کی مشین کا ہلکا ہلکا شور اسی طرح جاری رہا اور دیواروں کی سبز روغنی سطح پر آنے جانے والوں کی پرچھائیاں رقص کرتی رہیں اور پھر کلکتے آنے سے ایک روز قبل منظور نے سنا کہ وہ اصغر سے کہہ رہی تھی،

"ہونھ۔۔۔ منظور؟"

صبیح الدین ہلکے ہلکے گنگنا رہا تھا! کہو تو ستاروں کی شمعیں بجھا دیں، ستاروں کی شمعیں بجھا دیں۔ یقیناً! بس کہنے کی دیر ہے۔ حمیدہ کے ہونٹوں پر ایک تلخ سی مسکراہٹ بکھر کے رہ گئی۔ دور دریا کے پل پر سے گھڑ گھڑاتی ہوئی ٹرین گزر رہی تھی۔ اس کے ساتھ ساتھ روشنیوں کا عکس پانی میں ناچتا رہا، جیسے ایک بلوری میز پر رکھے ہوئے چاندی کے شمع دان جگمگا اٹھیں۔ چاندی کے شمع دان اور انگوروں کی بیل سے چھپی ہوئی بالکونی، آئس کریم کے پیالے ایک دوسرے سے ٹکرا رہے تھے اور برقی پنکھے تیزی سے چل رہے تھے۔ پیانو پر بیٹھی ہوئی وہ اپنے آپ کو کسی طربیہ کی ہیروئن سمجھنے پر مجبور ہو گئی تھی۔ Little sir Echo how do you do? hello, hello, wont you come over and dance with me پھر رافے اسٹیئرنگ پر ایک بازو رکھ کر رابرٹ ٹیلر کے انداز سے کہتا

تھا، "حمیدہ تمہاری یہ سیاہ آنکھیں مجھے بہت پسند ہیں۔۔۔ بہت ہی زیادہ۔"

یہ "بہت ہی زیادہ" حمیدہ کے لیے کیا نہ تھا؟ اور جب وہ سیدھی سڑک پر پینتالیس کی رفتار سے کار چھوڑ کر وہی I dreamt I dwell in marbel halls گانا شروع کر دیتا تو حمیدہ کو یہ سوچ کر کتنی خوشی ہوتی اور کچھ فخر سا محسوس ہوتا کہ رافے کی ماں موزارٹ کی ہم وطن ہے۔۔۔ آسٹرین۔ اس کی نیلی چھلکتی ہوئی آنکھیں، اس کے نارنجی بال۔۔۔ اُف اللہ! اور کسی گھنے ناشپاتی کے درخت کے سائے میں کار ٹھہر جاتی اور حمیدہ جام کا ڈبہ کھولتے ہوئے سوچتی کہ بس میں بسکٹوں پر جام لگاتی رہوں گی۔ رافی انہیں کترتا رہے گا۔ اس کی بیوک پینتالیس کی رفتار پر چلتی جائے گی اور یہ چناروں سے گھری ہوئی سڑک کبھی ختم نہ ہوگی۔

لیکن ستاروں کی شمعیں آپ سے آپ ہی بجھ گئیں۔ اندھیرا چھا گیا اور اندھیرے میں بیل گاڑی کی لالٹین کی بیمار روشنی ٹمٹما رہی تھی۔

ہو لا لا لا۔۔۔ دور کسی کھیت کے کنارے ایک کمزور سے کسان نے اپنی پوری طاقت سے چڑیوں کو ڈرانے کے لیے ہانک لگائی۔ گاڑی بان اپنے مریل بیلوں کی دُمیں مڑوڑ مڑوڑ کر انہیں گالیاں دے رہا تھا اور منظور کی کھانسی اب تک نہ رکی تھی۔ حمیدہ نے اوپر دیکھا۔ شبنم آلود دھندلکے میں چھپے ہوئے افق پر ہلکی ہلکی سفیدی پھیلنی شروع ہو گئی تھی۔ کہیں دور کی مسجد میں سے اذان کی تھرائی ہوئی صدا بلند ہو رہی تھی۔ حمیدہ سنبھل کر بیٹھ گئی اور غیر ارادی طور پر آنچل سے سر ڈھک لیا۔

جتندر اپنے چار خانہ کوٹ کا تکیہ بنائے شاید لیٹن کوارٹر اور سوہو کے خواب دیکھ رہا تھا۔ مائیرا، ڈونا مائیرا۔ حمیدہ کی ساڑی کے آنچل کی سرخ دھاریاں اس کی نیم وا آنکھوں کے سامنے لہرا رہی تھیں۔ مائیرا، اس کے نقرئی قہقہے، اس کا گتار، اکھڑی ہوئی ریل کی

پٹڑیاں اور ٹوٹے ہوئے کھمبے۔ پیرس کا وہ مضافاتی ریلوے اسٹیشن جس کے خوب صورت پلیٹ فارم پر ایک اتوار کو اس نے سرخ اور زرد گلاب کے پھول خریدے تھے۔ وہ لطیف سا، رنگین سا سکون جو اسے مائیرا کے تاریخی بالوں کے ڈھیر میں ان سرخ شگوفوں کو دیکھ کے حاصل ہوتا تھا۔ وہ تھک کے گٹار سبزے پر ایک طرف پھینک دیتی تھی اور اسے محسوس ہوتا تھا کہ ساری کائنات سرخ گلاب اور ستارہ سحری کی کلیوں کا ایک بڑا سا ڈھیر ہے۔

لیکن تاکستانوں میں گھرے ہوئے اس ریلوے اسٹیشن کے پرخچے اڑ گیے اور طیّاروں کی گڑگڑاہٹ اور طیّارہ شکن توپوں کی گرج میں شوبرٹ کے Rose monde کی لہریں اور گٹار کی رسیلی گونج کہیں بہت دور فیڈ آؤٹ ہوگئی۔ اور حمیدہ کا آنچل صبح کی ٹھنڈی ہوا میں پھٹپھٹاتا رہا، اس سرخ پرچم کی طرح جسے بلند رکھنے کے لیے جدوجہد اور کشمکش کرتے کرتے وہ تھک چکا تھا، اکتا چکا تھا۔ اس نے آنکھیں بند کرلیں۔

"سگریٹ لو بھئی۔" صبیح الدین نے منظور کو آواز دی۔

"اب کیا بج گیا ہوگا؟' شکنتلا بہت دیر سے زیرِ لب بھیروکا "گوموہن پیارے" گنگنا رہی تھی۔

حمیدہ سڑک کی ریکھائیں گن رہی تھی اور کرتار سنگھ سوچ رہا تھا کہ "وس وس وے ڈھولنا" پھر سے شروع کردے۔

گاؤں ابھی بہت دور تھا۔

***

۲

جہاں کارواں ٹھہرا تھا

اس سنسان اکیلی روش پر نرگس کی پتیوں کا سایہ جھک گیا۔ بیکراں رات کی خاموشی میں چھوٹے چھوٹے خداؤں کی سرگوشیاں منڈلا رہی تھیں۔ پیانو آہستہ آہستہ بجتا رہا اور اسے ایسا لگا جیسے ساری دنیا، ساری کائنات ایک ذرے کے برابر بھی نہیں ہے اور اس وسیع خلا میں صرف اس کا خیال، اس کی یاد، اس کا تصور لرزاں ہے۔ اور اس وقت اس نے محسوس کیا کہ رات، مرغزاروں کی ہوا اور اس کی یاد ایک بار پھر جمع ہو گیے تھے۔ لیکن اسی وقت دھندلے ستاروں کی مدھم چیخیں آسمان پر گونج اٹھیں اور ان تینوں ساتھیوں کو منتشر کرتی ہوئی پہاڑیوں کی دوسری طرف جا کر ڈوب گئیں اور وہ خیالوں کے دھندلکے میں سے کہتا سنائی دیا:

لیڈی ویرونیکا۔ می لیڈی۔ ہُش۔ چاند سن لے گا۔ پھول جاگ اٹھیں گے۔ اپنے ساز اور رواں نہ کرو۔ نیندوں کی بستی کے راستوں پر سے خوابوں کا، پھولوں اور گیتوں کا کارواں آہستہ آہستہ گزر رہا ہے اور اس نے انتہائی تکلیف کے ساتھ سوچا، اور ایسا سوچتے ہوئے اسے نامعلوم سی خوشی ہوئی کہ کاش، کاش وہ مر ہی جائے۔ وہ جس کی آواز اب تک ستاروں کے دھندلکے میں گونج رہی تھی۔ وہ بس مر جائے۔ اگر وہ خود نہیں مر سکی تو وہ کیوں نہیں مرتا۔ لیکن وہ زندہ ہے۔ سب زندہ ہیں۔ اور چاند آلوچے کی ٹہنیوں کے پیچھے

چھپ گیا اور چاندنی رات کا گیت تھم گیا۔ مہاگنی کے بھاری سیاہ آتش دان کے کونے پر جلتی ہوئی شمع لرز اٹھی اور تصویر کے بڑے سے شیشے کی سطح پر دھندلی زرد روشنی کی لکیریں تیرتی رہیں اور نیلگوں رات کے ایوانوں میں سے جھک کر چھوٹے چھوٹے خداؤں نے چپکے سے اس سے کہا:

لیڈی ویرونیکا، ہوائیں خاموش ہیں، پھول سو چکے ہیں۔ تمہاری تصویر کی بڑی بڑی نیلی آنکھوں کے اوپر کے شیشے کو گرد نے دھندلا کر دیا ہے اور اس پر پرانے نقرئی شمع دان کا اجالا جھلملا رہا ہے کیوں کہ تم لیڈی ویرونیکا نہیں ہو اور نہ زندگی وہ زندگی ہے جس میں چاند کی روشنی، شوپاں کی موسیقی، پھولوں کے رنگ اور سمندر کی موجیں تھیں۔ خوب صورت زندگی، خوب صورت دنیا اور خوب صورت لیڈی ویرونیکا۔۔۔ Oh! you silly little Lady make believe۔ شمع کا دھواں دیوار پر لہرا رہا ہے اور مہاگنی کا سیاہ آتش دان زیادہ مہیب نظر آتا ہے۔ زندگی مہیب ہے۔ ہیبت ناک، خوف ناک اور اکتائی ہوئی۔ زندگی اپنے آپ سے اکتا گئی ہے۔ زندگی کبھی ہاتھ نہ آنے والی اور دور سے نظر آ کر پھر کھو جانے والی فردوس کے لیے روتے روتے تھک چکی ہے۔

اور اس اندھیری روش پر سے آدھی رات کی ہوائیں شور کرتی ہوئی گزرتی ہیں۔ اس نے پیانو بند کر دیا اور اسے خیال آیا کسی نے کہا ہے: "خدا نے ہمیں یادوں کا قیمتی خزانہ اس لیے عطا کیا ہے کہ ہم سرما کی برفانی فضاؤں میں بہار کے گلاب کی گرم خوشبوئیں حاصل کر سکیں۔" یہ یادیں۔ اس نے محسوس کیا کہ یادوں کی اس فراوانی نے اسے تھکا دیا ہے۔ پھر بھی وہ یادیں اور احمقانہ خواہشیں آگ کی سی تیزی کے ساتھ جل رہی ہیں اور ہوا کے ایک تیز جھونکے سے لیڈی ویرونیکا کی تصویر کے نیچے لرزاں شمع یک لخت بھڑک کر بجھ گئی اور موسیقی کی کتاب کے چند ورق منتشر ہو کر پیانو سے نیچے گر پڑے۔ قریب کی

کوٹھی میں کسی نے ریڈیو گرام پر ایک پرانے نغمے کا ریکارڈ بجانا شروع کر دیا تھا۔"میں نے خواب میں دیکھا کہ میں مرمریں ایوانوں میں رہتی ہوں اور ان محلات کی چار دیواری کے باسی مجھ پر نازاں ہیں اور میں ان کی امیدوں کا سہارا ہوں۔ میرے پاس بے شمار دولت ہے اور میں بے انتہا اعلیٰ نسب ہوں، اور خواب میں میں نے یہ بھی دیکھا، جس سے مجھے بے حد خوشی ہوئی، کہ تم اب بھی مجھے اتنا ہی چاہتے ہو۔"

ایک مرتبہ کالج کے اوپیرا میں اس نے یہ گیت اس آسٹرین ڈیوک کی لڑکی کا پارٹ ادا کرتے ہوئے، جسے بچپن میں خانہ بدوش چرا لائے تھے، پائن کے جنگلوں میں پناہ گزیں پولش فوجی افسر کو سنایا تھا۔ شاید ایڈوینا نے بھی، جو اوپیرا میں ہیروئن بنی تھی، اب تک یہ گیت فراموش کر دیا تھا۔ ہم سب یہ گیت بھول چکے تھے۔ میں اور کملا اور وملا اور مہر جبیں۔ ایسے بے کار کے جذباتی نغموں کا اثر کون لیتا ہے اور کون یاد رکھتا ہے؟ اور اس نے بہت شدّت اور تکلیف کے ساتھ سوچا، کاش تم نے اس وقت مجھے چاہا ہوتا جب میں نے بھی تمہیں چاہا تھا۔ لیکن خداؤں نے ایسا نہ ہونے دیا کیوں کہ پھر وہ یقیناً مر جاتی اور اس نے محسوس کیا کہ وہ اکیلی ہے اور اس سے بہت دور ہے اور وقت کسی پرانے دیوتا کا پرانا خواب بن کر اپنی جگہ پر ٹھہر گیا ہے۔ وہاں پر صرف رات کی چیخیں تھیں اور خوابیدہ کائنات کی سسکیاں اور چاندنی کی ٹھنڈی آگ۔

وہ ریلنگ کے سہارے برآمدے کے ٹھنڈے فرش پر لیٹی رہی اور اسے ایسا لگا جیسے اس کے چاروں طرف شبنمی راہیں پھیلی ہوئی تھیں اور ان راہوں کے کنارے، ان راستوں کی منزلوں پر ہم سب وہاں موجود تھے، اس کے منتظر تھے لیکن وہ ہم کو پیچھے چھوڑ آئی تھی۔ اور پھر، یہ سب کچھ سوچتے سوچتے نیلوفر سو گئی اور فضاؤں میں ہوا کے راگ اور خداؤں کی سرگوشیاں بند ہو گئیں۔

کس قدر جلد یہ سب مذاق ختم ہو گیے۔ ایک تصویر کو آخری ٹچ دیتے ہوئے مجھے خیال آیا۔ زندگی کا نیا چاند قہقہوں، آنسوؤں اور خوابوں کی حدوں سے دور، شفق کے جزیروں پر کبھی طلوع نہیں ہوتا اور ہم اس کے انتظار میں تھک کر سو جاتے ہیں اور پھر رات آتی ہے اور رات کی خاموشی اور پھر موت۔ عشق کی موت۔ لیکن پھر بھی ہم زندگی کو دل چسپ اور زندہ رہنے کے قابل سمجھنے کے لیے مجبور ہیں۔ یہ چھوٹی چھوٹی باتیں، ریوپرٹ بروک کی نظمیں، مہاراشٹرین طرز کی کلاسیکل موسیقی، والز کے نغمے، جیمس میسن کے فلم۔۔۔ یہ ٹوٹی پھوٹی احمق چیزیں۔۔۔ زندہ رہنے کی یہ بے وقوفی۔

زندگی بہت ہی مضحکہ خیز چیز ہے۔ ہے نا! اس میں کوئی پلاٹ نہیں، کوئی تک نہیں۔ بہت سی باتیں ہیں۔ ایک کے بعد ایک، لگاتار بس ہوتی چلی جاتی ہیں جن کا آپس میں کوئی منطقی ربط تلاش نہیں کیا جاسکتا، جن کا پہلے سے کچھ پتہ نہیں ہوتا اور نہ بعد میں پتا چلتا ہے کہ ایسا کیوں ہوا۔ جی ہاں، زندگی مضحکہ خیز ہے اور اس وقت چائنا پلیٹ میں رنگوں کو ملاتے ہوئے مجھے احساس ہوا کہ میری اور کملا کی ساری منطق اور فلسفہ طرازیاں یہاں پہنچ کر بالکل ناکام ثابت ہوئیں۔ کیوں کہ بہار کی ایک نارنجی سہ پہر کو کالج کے سوئمنگ پول کے مرمریں فرش پر کہنیوں کے بل لیٹے لیٹے ہم نے اچانک یہ محسوس کیا کہ نیلوفر کی نیلی آنکھوں میں اداسی کی لہریں تیرنے لگی ہیں اور اکنومکس پڑھنے کی کوشش ملتوی کرکے چاروں طرف جھکے ہوئے آم کے درختوں کے پرے دیکھتے ہوئے ڈورس نے دفعتاً ایک سوال کیا: "اس کو دیکھا؟"

"ہوں!"

سب نے ایک ساتھ جواب دیا، پھر خاموشی چھاگئی: "واش آؤٹ ہے بالکل۔" نیلوفر نے بے تعلقی سے رائے ظاہر کی۔ "اینی کے سامنے کچھ مت کہو۔ اس کو اپنے اس بھائی

پر بہت فخر ہے۔" سعیدہ نے کہا۔" خیر بھائی وہ ہر گز نہیں بگڑے گی۔ واش آوٹ تو وہ بالکل نہیں ہے۔ مگر جناب وہ اپنے بھائیوں کا پروپیگنڈا قطعی نہیں کرتی ہے۔ بلکہ اس نے تو بہت انکساری اور خاکساری سے اور بالکل یوں ہی تذکرہ کیا تھا کہ اور تو اور زبیدہ عثمانی تک اس کے تازہ وارد بھائی سے فلرٹ کرنے کی فکر میں ہیں۔" ڈورس آہنی سیڑھیوں پر بیٹھتے ہوئے بولی۔

۔۔۔اور اسی طرح دیر تک ان نئے انکشافات کے متعلق باتیں ہوتی رہیں اور جب پھولوں کا موسم گزر کر نیلے بادلوں اور پھواروں کا زمانہ آیا، جب دوپہر اور سہ پہر کے وقت قہوہ خانوں میں انتہائی چہل پہل اور رونق ہوتی ہے، تو کالج میں اچھا خاصا سنسنی خیز تہلکہ مچ گیا، "فرخندہ آج بھی وہ قہوہ خانہ میں سخت show off کر رہا تھا اور اکثر سیاہ چشمہ لگاتا ہے چُغد کہیں کا، کیوں کہ سیاہ چشموں سے زیادہ خوب صورت نظر آسکتا ہے اور ایک فائدہ یہ بھی ہے کہ ہال کے بیچ کی نشستوں پر بیٹھ کر گوگلز کے ذریعے آپ سب کو اچھی طرح دیکھ سکتے ہیں لیکن یہ کسی کو نہیں معلوم ہو سکتا کہ آپ کی نظریں کس کس طرف ہیں۔ مگر بھئی بے حد شاندار ہے اور اتراتا کس قدر ہے۔ آخر ہے کون یہ؟" اور میں نے شرارتاً یوں ہی بے خیالی میں کہہ دیا:" وہ ہے۔۔۔ وہ ہے۔۔۔ نیلوفر کا فیانسے۔" اور سارے کالج میں جانے کس طرح آپ سے آپ یہ خبر مشہور ہوگئی کہ نیلوفر کی شادی امتحانات کے فوراً بعد ہو جائے گی اور اس کا فیانسے آج کل لکھنؤ میں ہے۔

اور جانے کس طرح نیلوفر نے یہ سوچ لیا۔۔۔ جانے کیا کیا سوچ لیا۔ اور سعیدہ نے کہا: "بھئی نیلوفر اپنی ساری آئیڈیلزم تہہ کر کے رکھ دو۔ بہترین پتنگ ہے۔ خوب صورت، دل کش اور اعلیٰ عہدے پر، اور تمہاری ہی دوست کا کزن بھی ہے۔" نیلوفر نے ایک دفعہ کہا تھا کہ وہ بچپن میں پورٹ بلیئر میں ہم لوگوں کے ساتھ رہ چکا ہے۔ میں نے

اور کملا نے دماغ پر بہت زور ڈالا لیکن قطعی یاد نہیں آیا اور پھر ڈورس نے کہا کہ بھئی وہ تمہارے بچپن کے جاننے والے بھی نکل آئے Go ahead sister وہ اپنے مخصوص اینگلوانڈین انداز میں بولی اور نیلوفر فوراً رو پڑنے پر آمادہ ہو گئی۔ "بچپن کے جاننے والے کیا تمہارے نہیں ہیں۔ اینی کے تو کزن ہیں۔"

"ہوں گے بھئی، ہم کو تو بالکل یاد نہیں۔ پورٹ بلییئر کا زمانہ گزرے اتنا عرصہ ہو گیا۔ اگر ہمیں پہلے نہ معلوم ہوتا کہ تم کنیرڈ سے آئی۔ ٹی۔ آر ہی ہو تو ہم تم کو بھی نہ پہچان سکتے۔" وملا نے کہا۔ اور ہمارے ٹیلی فون کی گھنٹیاں زیادہ تیزی سے بجنے لگیں۔ جب تک مسعود بھیّا کو الگ کوٹھی نہیں ملی وہ ہمارے یہاں ہی رہے اور ہماری ایک دوست کی دوست زبیدہ عثمانی نے، جو ایم۔ اے۔ اور لاء کے امتحان دیا کرتی تھیں، اب براہ راست میری دوست بن جانا از حد مناسب سمجھا۔ وہ دو دن میں آٹھ بار فون کرتیں۔ نوکروں سے کہہ دیا گیا تھا کہ جب ان کا فون آئے تو کہہ دینا کوئی گھر پر نہیں ہے۔

اور اس شام نیلوفر قانون کی کلاس کے بعد ہوسٹل جانے کے بجائے سیدھی ہمارے یہاں آگئی۔ لان پر درختوں کے اندھیرے میں سب گھر والے جمع تھے۔ اس نے پھاٹک سے ہی دیکھ لیا کہ ایک شان دار نیلی اسپورٹس کار برساتی میں کھڑی ہے۔ سبزے پر پہنچ کو سرو کے درختوں سے چھنتی ہوئی روشنی میں اس نے غور سے دیکھا کہ سوائے کنور مہندر سنگھ اور ایک صاحب کے باہر کا آدمی کوئی نہ تھا۔ اس نے سوچا شاید کنور صاحب نے اپنی کار تبدیل کر لی ہے۔ وکیل صاحب آگیے بھئی۔ نیلوفر تھکی تھکائی ممی کے قریب آرام کرسی پر بیٹھ گئی۔ ہلو وکیل صاحب۔ کنور مہندر نے دوبارہ کہا، "اوہو آپ کب آئے مہندر بھائی۔ نیلوفر نے چونک کر کہا۔ شکر کہ بیرسٹر صاحب کو یاد تو آیا کہ اس خاکسار کو مہندر کہتے ہیں اور میں مسعود جاوید ہوں۔ مہندر کے ساتھی نے کھڑے ہو کر اس وثوق اور خود

اعتمادی کے ساتھ اپنا تعارف کرایا جیسے دنیا میں صرف ایک وہی مسعود جاوید ہو سکتے ہیں، کوئی بہت ہی اہم اور مشہور ہستی۔

نیلوفر نے کچھ سوچتے ہوئے کہا۔۔۔ ہونھ۔۔۔ اتراہٹ کی انتہا۔۔۔ رات کا وقت ہے ورنہ گوگلز اس وقت بھی موجود ہوتے۔ کھانے کا انتظام کروا کے تھوڑی دیر بعد میں باہر آ گئی۔ بھائی جان بھی شام کی شفٹ ختم کر کے پائیز کے دفتر سے واپس آ گیے تھے۔ چاند سرو کے درختوں کے پیچھے سے طلوع ہو چکا تھا۔ کھانے کے وقت تک کے لیے ہم سب مس عثمانی کے فون کی باتیں کرتے ہوئے باہر خاموش سڑک پر ٹہلنے لگے۔ کنور مہندر نے کہا: مسعود کو اب تک لکھنؤ کی تاریخی عمارتوں کی سیر نہیں کرائی گئی۔ اگر اگلے مہینے اس کا یہاں سے بھی تبادلہ ہو گیا تو وہ کچھ نہیں دیکھ پائے گا۔

میں نے بے حد سنجیدگی سے انہیں بتایا لکھنؤ کے سب سے زیادہ تاریخی اور اہم ترین مقامات صرف تین ہیں: ۲۱ فیض آباد روڈ –۳ فیض آباد روڈ، جہاں کملا رہتی ہے، اور ہمارے کالج کا لیڈی مہاراج سنگھ سوئمنگ پول جس کی خشک تہہ میں جمع ہو کر ہمارے اسکینڈل مونگرنگ کلب کی میٹنگ ہوتی ہے۔ اتنے میں گومتی کے قریب والی سڑک پر سے انوری بیگم اور قمر الاسلام آتے دکھائی دیے۔ دیکھو مسعود بھیّا اسے مون لائٹ سیر ینیڈ کہتے ہیں، میں نے ایک مستعد گائیڈ کی طرح سمجھایا۔ کنور مہندر، بھائی جان اور مسعود بھیّا نے اپنی خوب صورت یونانی قسم کی ناکیں سکیڑ کر گویا کچھ سونگھنے کی کوشش کی۔ مسعود بھیّا نے کچھ سوچتے ہوئے کہا: اور تمہارے یہاں ڈونکی سیر ینیڈ کیسا ہوتا ہے؟ بڑا زبردست قہقہہ پڑا۔ ہم ٹہلتے ہوئے ریلوے کراسنگ تک چلے گئے۔ وہاں تاروں پر بیٹھتے ہوئے مسعود بھیّا کو دفعتاً جیسے کچھ یاد آ گیا ہو اور انہوں نے آہستہ سے کہا:

لیڈی ویرونیکا۔ نیلوفر چونک پڑی اور پھر ہم سب کو دور، ریلوے لائن کے اس پار،

گنّے کے کھیتوں کے اوپر جھکے ہوئے چاند کے اجالے میں یاد آیا۔ پورٹ بلیئر میں ایک بار وملا کی سالگرہ کے فینسی ڈریس بال روم میں نیلوفر اٹھارویں صدی کی ایک مغربی شہزادی بنی تھی۔۔۔ لیڈی ویرونیکا۔۔۔ می لیڈی ! اور ڈھیروں جھالروں اور ریتوں والے وزنی لباس میں چھپی ہوئی چھوٹی سی لیڈی ویرونیکا نے اپنی بڑی بڑی نیلی آنکھیں جھپکا کر شاہانہ وقار سے اپنی پنکھیا ہلاتے ہوئے کہا تھا: وی موسیو! مجھے ماری انطونی کہو۔ اور مسعود بھیّا نے دوزانو جھک کر اس کے حکم کی تعمیل کی تھی اور نیلوفر نے اپنی عجیب مضحکہ خیز حماقت آفرین ٹوپی کا پر چھوتے ہوئے کہا تھا: ارے میرے ڈارلنگ لوئی۔۔۔ میرا بھیڑ کا سفید بچہ تم نے اب تک پیرس سے نہیں منگوایا۔ اور اچھا بھئی تم جیسے ایک بے وقوف سے سوئیڈش کاؤنٹ ہو، اب تم جھک کر ہکلاتے ہوئے کہو۔۔۔ یور۔۔۔ یور میجسٹی۔۔۔ آپ دنیا کی خوب صورت ترین ملکہ ہیں۔

اور اس وقت چاند کے مدھم اجالے میں ہمیں جزائر انڈیمان میں گزارا ہوا اپنا بچپن یاد آگیا۔ جزیرے میں جو کوئی افسر سمندر پار سے تبدیل ہو کر آتا، ہم سب سے پہلے یہ کھوج لگاتے کہ اس کے ساتھ بچے ہیں یا نہیں۔ مسٹر جسپال کے بچّے، ہم بہن بھائی، نیلوفر اور اس کی دونوں بڑی بہنیں اور چیف کمشنر کی لڑکی ایزمی۔۔۔ سارے جزیرے میں صرف اتنے بچّے تھے۔ ہم صبح سے شام تک کھیلتے اور لڑتے۔ سہ پہر کو ساحل پر جا کر سیپیاں جمع کرتے، ریت کے قلعے بناتے، ایزمی کی قیادت میں کنارے کنارے تیرنے کی مشق کرتے اور رات کو بیٹھ کر جیومیٹری اور گرامر میں سر کھپاتے۔ بھائی جان، کملا اور وملا کے بڑے بھائی، ہم سب میں بلند و بالا اور قابلِ قدر ہستیاں سمجھی جاتیں کیوں کہ دونوں ہم سے دور، سمندر پار، کرنل بوائز میں پڑھ رہے تھے۔

کرسمس اور گرمیوں کی چھٹیوں میں جب یہ دونوں دہرہ دون پورٹ بلیئر آتے تو ہم

سب کو کس قدر خوشی ہوتی تھی۔ ہم سب کی کوٹھیاں پاس پاس تھیں۔ لکڑی کے دو منزلہ جاپانی وضع کے سرخ چھتوں اور سبز جنگلوں والے ہمارے پیارے پیارے سے گھر۔ نچلی منزل میں ہماری کوٹھی کی حفاظت کے لیے گارڈ کے سپاہی رہتے تھے۔ برساتی کے اوپر سمندر کے رخ پر بڑے بڑے شیشے کے دریچوں والا ڈرائنگ روم تھا جہاں سے بندر گاہ کی طرف آتے ہوئے جہاز نظر آتے رہتے تھے۔ رات کو افق کی سیاہ لکیر کے قریب لائٹ ہاؤس کی روشنی جھلملاتی تھی۔ وہاں رنگوں کی کس قدر فراوانی تھی۔ گہرا نیلا اور گہرا سبز سمندر، سنہری ریت، سرمئی چٹانیں، کوٹھیوں کی سرخ چھتیں، ناریل کے ہرے جھنڈ، ساحل پر لہریں مارتی ہوئی نارنجی دھوپ، سفید سمندری پرندے اور ہماری کشتیوں کے سفید بادبان۔۔۔ چاروں طرف رنگ ہی رنگ پھیلا ہوا تھا۔ کاش میں بڑی ہوتی تو ان رنگوں کو سمیٹ کر کینوس پر بکھیر دیتی۔ حدِ نظر تک پھیلے ہوئے لالہ زاروں پر برستی ہوئی دھوپ میں ایسا لگتا تھا جیسے فضا میں آگ لگ گئی ہے اور رنگ برنگے شعلے لپک رہے ہیں۔ ہمارے باغ کی ڈھلوان کے اختتام پر ناریل کے جھنڈ میں چھپی ہوئی مسٹر جسپال کی کوٹھی تھی۔ جب ابّا جان اور انکل جسپال اپنے دفتروں کو چلے جاتے اور ہمیں بادلِ ناخواستہ اپنے اپنے گھروں میں ماسٹروں سے پڑھنا پڑتا اس وقت ٹیلی فون کی شامت آجاتی۔

وملا فون کرتی: اپنی تمہارے ٹیڈی بیئر کی طبیعت اب کیسی ہے؟ میری پوسی کو زکام ہوگیا ہے اور شکنتلا نے میرے اسکوٹر کے پہیے توڑ ڈالے ہیں۔۔۔ تمہارے مولی صاحب اب تک نہیں سوئے۔

سہ پہر تک یہی ہوتا رہتا تاوقتیکہ ممی کی ڈانٹ نہ پڑ جاتی یا مولی صاحب اس شور سے گھبرا کر اپنے مراقبے سے نہ چونک اٹھتے۔ ہمیں اردو بالکل نہیں آتی تھی۔ ابّا جان کو سخت پریشانی تھی کہ اگر یہی عالم رہا تو بچّے بالکل اینگلو انڈین بن کر رہ جائیں گے۔

چنانچہ بیحد انتظام سے کلکتہ سے ایک سرخ داڑھی والے مولی صاحب کو پکڑ کر منگوایا گیا تھا اور الٹی میٹم ملا تھا کہ اگر تم نے مولی صاحب کے ساتھ بھی شرارت کی تو یاد رکھو کان پکڑ کر علی گڑھ بھیج دیا جائے گا۔ یہ بات اس قدر خوف ناک معلوم ہوئی تھی کہ دل پر جبر کر کے ہم نے اردو کی گرامر اور آمد نامہ یاد کرنا شروع کر دیا تھا۔۔۔ مجھے اب تک اچھی طرح یاد ہے کہ جس روز مولی صاحب پہلی مرتبہ آئے تو انہوں نے قرآن شریف شروع کروانے سے پہلے بے حد سنجیدگی سے پوچھا: بی بی تم ہاتھ کھول کر نماز پڑھتی ہو یا ہاتھ باندھ کر۔ ہم نے بتایا کہ ہم نماز ہی نہیں پڑھتے۔ اتنے چھوٹے سے تو ہیں، کیسے پڑھیں۔ پھر انہوں نے پوچھا: اچھا تمہاری ممی کس طرح پڑھتی ہیں۔۔۔ جواب ملا معلوم نہیں۔

انہوں نے پریشان ہو کر ابّا جان سے اس مسئلے پر رجوع کیا۔ روزانہ ہمیں آٹھ بجے ہی سونے کو بھیج دیا جاتا لیکن ہفتے اور اتوار کی رات ہمارے لیے گالا نائٹ ہوتی تھی کیوں کہ اس روز ہم سب کے امی اور ابّا جزیرۂ نکوبار کے کلب سے بہت رات گیے واپس آتے۔ ان کی غیر موجودگی میں بچّوں کی حفاظت کے لیے گارڈ دہری کر دی جاتی تھی اور ہم سب کو جمع کر کے شکنتلا یا ایزمی کے سپرد کر دیا جاتا تھا۔ ہم لوگ جی بھر کے شور مچاتے۔۔۔ اندھیرے کمروں، گیلریوں اور زینوں میں چھپ کر آنکھ مچولی کھیلتے۔ اس قدر زور زور سے گاتے کہ پیانو کے پردے ٹوٹتے ٹوٹتے رہ جاتے۔۔۔ اور پھر ایک روز ہم نے سنا کہ ہماری اس جنت میں ایک اور فرد کا اضافہ ہونے والا ہے۔

میں باغ کی سیڑھیوں پر بیٹھی فرنچ گرامر یاد کرنے کی کوشش کر رہی تھی کہ نیلوفر بھاگی بھاگی آئی اور اپنی نیلی آنکھیں پوری طرح کھول کر بولی: اپی آج صبح جو بہت لمبا سا سفید جہاز سنگاپور سے آیا ہے اس میں سے ایک کرنل صاحب اترے ہیں۔ ان کی بیوی

انگریز ہیں اور دو بچّے ہیں۔۔۔ اور وہ سب اس وقت انکل جسپال کے یہاں چائے پی رہے ہیں۔ میں نے کتاب وہیں سیڑھیوں پر چھوڑ دی اور ہم دونوں باغ کے نشیب کا فاصلہ پھلانگتے ہوئے انکل جسپال کے یہاں پہنچے۔ ہمیں آتا دیکھ کر کملا اسی رفتار سے دوڑتی ہوئی برآمدے کے سبز جنگلے پر سے کود کر ہماری طرف بھاگی۔ ہمارے دو ساتھی اور آگیے۔" دونوں پوری طرح شیطان ہیں اور وہ کہہ رہے ہیں کہ اسکیٹنگ اور تیرنے کے مقابلے میں وہ ہم کو ہرادیں گے۔"

لیکن کملّا۔۔۔ ان کے ڈیڈی بھی دُم والا کوٹ پہنتے ہیں نایعنی ٹیل کوٹ۔۔۔ میں نے کچھ سوچ کر پوچھا کیوں کہ ابّا جان شام کے وقت دم والا سیاہ کوٹ پہن کر اپنی موٹر بوٹ میں بیٹھ کے جزیرہ نکوبار کی طرف جایا کرتے تھے جہاں کلب تھا جس میں ہر وقت موسیقی گونجتی رہتی تھی اور جہاں رات گیے تک خوب تیز روشنی رہتی تھی اور میرا خیال تھا کہ دنیا میں صرف دو طرح کے لوگ ہوتے ہیں: وہ جو شام کو دُم والا کوٹ پہنتے ہیں جیسے انگریز چیف کمشنر، ابّا جان اور انکل جسپال اور نیلوفر کے ڈیڈی اور دوسرے جو دُم والا کوٹ نہیں پہنتے۔ کیوں نہیں پہنتے؟ یہ سوال میرے دماغ میں نہیں آسکا تھا اور نہ یہ کہ ان دوسرے قسم کے لوگوں کے بچّوں کے ساتھ کھیلنے کی ہمیں اجازت کیوں نہیں ملتی۔

اور ان دونوں بچوں کی وجہ سے ہماری زندگی زیادہ دلچسپ بن گئی۔ ممی کے بہن بھائیوں کی قوم سارے ہندوستان میں پائی جاتی ہے۔ یہ دونوں بھائی بھی کسی رشتے سے بالکل ہمارے فرسٹ یا سیکنڈ کزن ثابت ہوگیے۔ ان کی ممی یعنی ہماری خالہ کا انتقال ہو چکا تھا اور ان کے ڈیڈی نے ایک انگریز خاتون سے شادی کرلی تھی اور چونکہ وہ ممی کے بھانجے تھے لہذا وہ ان کی نگہداشت اور خاطر مدارات کی خود ہی انچارج مقرر ہوگئیں۔ وہ جتنی بھی شرارتیں کریں اور ہمیں تنگ کریں سب بجا اور روا تھا کیوں کہ دکھیا، بن ماں

کے بچے ہیں۔ مسعود بھیا، ہم سب اور ہمارے سمندر پار والے بھائیوں سے بھی عمر میں بڑے تھے۔ بیک وقت بے حد سنجیدہ اور بے حد شریر۔ ہر بات میں ہم سب کو Box کرتے تھے اور ہم اپنی عافیت اسی میں سمجھتے تھے کہ ان کا ہر حکم چپکے سے مان لیں۔ ایک روز مسعود بھیا کی شرارتوں سے عاجز آکر وملا اور میں نے آنکھوں میں آنسو بھر کے دعا مانگی تھی کہ اللہ کرے بھیا جلدی سے دہرہ دون سے آجائیں۔ وہ آکے سارے مظالم کا انتقام لیں گے۔ لیکن بدقسمتی سے اگلی چھٹیوں میں ہمارے بھائیوں میں جہاز سے اترتے ہی مسعود بھیا سے اس قدر گہری دوستی ہوگئی کہ ہمیں بھی انتقام سے ناامید ہونا پڑا۔

اور اس طوفانی بچپن کے دن تیزی سے پرواز کرتے رہے۔ چند سال بعد ابا جان اور انکل جسپال کا تبادلہ ساتھ ساتھ پھر ہندوستان کا ہوگیا۔ ایزمی ہمارے آنے کے کچھ عرصے بعد انگلستان واپس چلی گئی۔ مسعود بھیا بھی جانے کہاں گئے اور بے چاری نیلوفر جزیرے میں اکیلی رہ گئی۔

پورٹ بلیئر سے آنے کے بعد ہم ان سب کو بھول گئے۔ ہندوستان واپس آکر شکنتلا، کملا، وملا اور میں دہرہ دون کے کانونٹ میں پڑھنے لگے۔ پھر ریٹائر ہونے کے بعد ابا جان ہماری اعلیٰ تعلیم کے خیال سے لکھنؤ میں رہنے لگے۔ اسی دوران میں انکل جسپال کا تبادلہ الٰہ آباد سے لکھنؤ کا ہوگیا اور ہم سب ساتھ ساتھ کالج اور یونی ورسٹی کی مختلف کلاسوں میں داخل ہوئے اور بڑے ہوکر تو ہم سب اس قدر تیز نکلے کہ خدا کی پناہ۔ شکنتلا اور کملا بی۔ اے۔ ایم۔ اے۔ ایل۔ بی۔ سب امتحانوں میں فرسٹ آتی چلی گئیں۔ تقریری مقابلوں میں ڈھیروں کپ جیت ڈالے۔ کملا اور وملا نے اودے شنکر کے سینٹر جاکر کلاسیکل رقص میں مہارت حاصل کرلی۔ کملا انٹر یونی ورسٹی تقریری مقابلے میں علی گڑھ جاکر ایک بڑی سی چاندی کی مسجد اٹھا لائی اور میں نے تصویروں کے کینوس تہہ

کر کے افسانے جو لکھنے شروع کیے تو سب گھر والوں کا ہنستے ہنستے برا حال ہو گیا۔ افوہ، ذرا سوچو تو سہی، بی بی گھر سے باہر کی دنیا میں افسانہ نگار مشہور ہیں۔ اور کھانے کی میز پر اس قدر شور مچتا۔۔۔ میں بے چاری سب سے لڑتی کہ بھائی قسم خدا کی میں اتنے اچھے افسانے لکھتی ہوں۔

ابھی یہ دیکھیے "ادبِ لطیف" اور ساقی کے ایڈیٹروں کے خط آئے ہیں کہ سالنامے کے لیے مضمون بھیجیے۔ اور وہ قہقہہ پڑتا کہ رونا آجاتا۔

ایک روز میں نے بے حد خوش ہو کر چائے کے وقت سب کو یہ خبر سنائی کہ بھئی ہمارا مجموعہ شائع ہو رہا ہے۔ کسی کو یقین ہی نہ آئے۔ بھائی جان کے ایک دوست نے انتہائی سنجیدگی سے فرمایا کہ کتاب کے ساتھ ساتھ ایک شرح بھی چھپوا لیجیے تاکہ پڑھنے والوں کی سمجھ میں آجائے کہ آپ نے کیا لکھا ہے۔

قصہ مختصر یہ کہ ہم سب اس قدر انٹلکچوئیل بن گیے کہ افوہ۔ ہمارا اپنا فلسفہ تھا، اپنی زندگی تھی، اپنا مخصوص ماحول، اپنی مصروفیتیں۔ اور زندگی بڑے سکون اور اطمینان سے گزر رہی تھی۔ ہم گھنٹوں ٹینس کھیلتے، کالج کے سوئمنگ پول میں پیرتے، کالج کے ڈراموں اور رقصوں کی مشق اور ریڈیو پروگراموں کی ری ہرسل کرتے۔ scandal mongering کی جاتی۔ رات کو ابّا جان کے ساتھ میں دیر تک اقبال کی شاعری اور دنیا جہاں کی باتوں پر بحث کرتی رہتی۔ ابّا جان میرے بہترین دوست تھے۔

۔۔۔ لیکن ایک موقع ایسا آیا کہ مجھے اور کملا کو اپنا confusionism کا سارا فلسفہ بھول جانا پڑا۔ زندگی کے متعلق ہمارے اصول اور نظریے بالکل غلط اور بے کار ثابت ہوئے۔ ہم نے تجزیۂ نفس کے سارے تجربے پڑھ ڈالے پر کچھ فائدہ نہ ہوا۔ کیوں کہ نیلوفر کی نیلی آنکھوں میں آنسو جھلملا اٹھے۔ کس قدر چغد ہو، میں نے انتہائی بے زاری

کے ساتھ کہنا چاہا۔ محبت۔۔۔ محبت جو ابلیس کی طرح جنت سے جہنم میں پھینک دی جاتی ہے اور دھندلکوں میں بھٹکے ہوئے وہ احمق راہی، جو سایوں کے پیچھے بھاگتے ہیں اور یہ بھی نہیں جانتے کہ ان کے دیوتاؤں کے پاؤں مٹی کے ہیں۔ میں نے سوچا کہ ان الفاظ کے ذریعے نیلوفر کے سر میں عقل واپس آجائے گی لیکن اس کی آنکھوں میں پانی اسی طرح مچلتا رہا۔

۔۔۔اور اسی وقت فون کی گھنٹی تھرا اٹھی۔ مسعود بھیا کو علاحدہ کوٹھی مل گئی تھی اور وہ ہمارے یہاں سے جا چکے تھے لیکن مس عثمانی برابر فون کیے چلی جا رہی تھیں۔ آج پہلی مرتبہ مس عثمانی سے میرا سابقہ پڑا۔ ادھر سے آواز آئی: "ہلو! آپ کہاں سے بول رہی ہیں۔"

"فرمایئے۔"

"ار۔۔۔ مسعود امام صاحب ہیں؟"

غصہ کے مارے جی چاہ رہا تھا کہ بس زبیدہ عثمانی مر جائیں۔ یا میں مر جاؤں اسی وقت۔ ادھر سے پھر آواز آئی، "اور آپ یلدرم صاحب کی صاحبزادی ہیں!"

"جی اس خاکسار کو آپ سے فون پر نیاز حاصل کر کے بیحد قلبی مسرت ہوئی۔" میں نے انتہائی مری ہوئی آواز میں کہا۔

"آپ ازابلا تھوبرن کالج میں پڑھتی ہیں نا؟"

"جی۔" میں نے جواب دیا۔

"ہی ہی ہی۔ مجھے تو آپ سے ملنے کا بیحد اشتیاق ہے۔ آپ کو تو میں کہیں دیکھ بھی چکی ہوں اور آپ کی آواز بھی بے حد مانوس سی معلوم ہو رہی ہے۔ ریڈیو پر تو اکثر آپ کی آواز سنتی ہوں۔ بیحد سوئیٹ آواز ہے آپ کی۔"

"جی۔" میں نے ان کی رائے سے اتفاق کیا۔ لیکن ان کی بات ابھی ختم نہیں ہوئی تھی، "ار۔۔۔ار۔۔۔وہ آپ کے بھائی۔ یعنی کہ وہ اس وقت گھر پر موجود ہیں؟"

"جی نہیں" میں نے فون بند کرنا چاہا لیکن وہ پھر بولیں: "کہاں گئے ہیں؟ دل کشا کلب تو نہیں؟ اوہو تو ضرور اودھ جیم خانہ گیے ہوں گے۔ آج وہاں غوث محمد کا سیمی فائنل ہے یا چھتر منزل کلب۔۔۔انڈیا کافی ہاؤس تو آج نہ گیے ہوں گے۔"

"جی۔" میں نے جل بھن کر جواب دیا، "میں کیا بتاؤں، آپ کو خود ہی معلوم ہے کہ انہیں کہاں کہاں پایا جاسکتا ہے۔"

"جی۔۔۔جی ہاں۔۔۔"

"واقعہ یہ ہے مس عثمانی۔۔۔میں نے کھنکار کر کہنا شروع کیا، "کہ مسعود صاحب کو کوتوالی لے جایا گیا ہے۔"

"ایں!"

"جی ہاں۔ در اصل ان کے پیچھے وارنٹ نکلا ہے کیوں کہ وہ الٰہ آباد سے کلکٹر کے یہاں کے چاندی کے چمچے چرا کر بھاگے ہیں اور یہاں بھیس بدل کر گھوم رہے ہیں۔ وہ جوائنٹ مجسٹریٹ وغیرہ کچھ نہیں ہیں بلکہ فیض آباد میں جوتوں کی دکان کرتے ہیں۔ اور مس عثمانی بات یہ ہے کہ۔۔۔"

دوسرے سرے پر کھٹ سے ریسیور رکھ دیا گیا۔

مجھے ساری دنیا پر غصہ آرہا تھا۔ نیلو فر اور زبیدہ عثمانی اور وہ سب جن کی عقلیں خراب ہوگئی ہیں۔ میں نے اپنے چاروں طرف پھیلی ہوئی جگمگاتی جاگتی بے وقوف دنیا کو دیکھا۔ سامنے درختوں کے اندھیرے کے پار کالج کے اونچے اونچے مرمریں ایوانوں میں کرسمس کیرل گائے جارہے تھے۔ سڑکوں پر شور مچاتی ہوئی لمبی لمبی چمکیلی موٹریں بھاگ

رہی تھیں۔ ندی کے اس پار کافی ہاؤسوں کی فضائیں دہک رہی تھیں اور نیلوفر اپنے ہوسٹل کے ڈرائنگ روم میں پیانو بجا رہی تھی۔

لیکن پھر دنیا کی حماقتوں اور کمزوریوں پر غصہ آنے کی بجائے مجھے ان بے وقوفوں سے ہمدردی سی ہوگئی اور میں نے سوچا کیوں نہ ان چیزوں کو فراخ دلی سے دیکھا جائے کیوں کہ سوئمنگ پول کے اسکینڈل کلب میں ایک روز یہ انکشاف ہوا کہ سر رحمن کی جو نارنجی بالوں والی لڑکی لوریٹو کانونٹ میں پڑھتی ہے، مسعود بھائی سے کرسمس میں اس کی شادی ہورہی ہے۔

۔۔۔ خداؤں کے یہ چھوٹے چھوٹے معصوم بچّے رقصاں ساعتوں کے ساتھ ساتھ ناچتے ہوئے کھلے سبزہ زاروں میں نکل گیے لیکن جب وہ ستارہ سحری کی کلیاں جمع کر کے واپس آئے تو انہوں نے جنگل کے دیوتاؤں کو وہاں نہ پایا۔

ریڈیو پر رقص کے نئے ریکارڈ بج رہے تھے اور بھائی جان نے، جو اس وقت موڈ میں تھے، کہا: "آؤ بی بی تمہیں نئے Steps سکھائیں۔" ہم حسب معمول برآمدے کے فرش پر رقص کرنے لگے۔ "اونھ، ٹھیک سے قدم رکھو۔" بھائی جان نے ڈانٹا۔ وہ سکھاتے سکھاتے تھک گیے لیکن میری سمجھ میں کچھ نہ آیا۔ پھر ایک دم سے انہیں کچھ یاد آگیا، "تمہاری دوست کا رومان کیسا چل رہا ہے؟ ہاں، اس پر خیال آیا، ابھی جب میں دفتر سے آرہا تھا تو مسعود سر عزیز الرحمن کی پیکارڈ میں لاپلاز کی طرف جاتا نظر آیا تھا۔" میرا دل ڈوب سا گیا اور بھائی جان کہہ رہے تھے: "بے ایمان کہیں کا۔ فلرٹ ہے بالکل۔ ارے کل اتوار ہے۔ مجھے میگزین سیکشن کی تیاری کرنی ہے۔" اور وہ برآمدے کے فرش پر سے کود کر برساتی میں رکھی ہوئی سائیکل پر بیٹھے اور پھاٹک سے باہر نکل گئے۔ میں انہیں سرو کے درختوں کے پیچھے اوجھل ہوتا ہوا دیکھتی رہی اور مجھے یاد آیا: پانیر کی عظیم الشان

امریکن وضع کی عمارت کے نیچے برساتی میں ہم نے پہلی مرتبہ مسعود بھائی کو دیکھا تھا جو اسٹیشن سے سیدھے بھائی جان کے پاس آگیے تھے اور وہاں سے ہمارے ساتھ گھر آئے تھے اور خداؤں نے چپکے سے نیلوفر سے کہا تھا: یہ وہی ہے، یہ وہی ہے جس کے لیے زندگی منتظر تھی!

اور نیلوفر سوچتی رہی۔ شہد کے جنگلوں کا دیوتا شفق زاروں میں شاید اب بھی موجود ہے۔ میرے اللہ کس قدر شاعری کی حد تک احمقانہ خیال تھا۔

ایک بہت طویل راستہ ہے۔۔۔ اندھیرا اور خاموش اور اس کے کناروں پر دور دور پرستان کے چھوٹے چھوٹے شہر جگمگا رہے ہیں اور اس راستے کے اختتام پر کسی جگہ وہ اس کا منتظر ہوگا۔ لیکن اس کو کبھی یہ خیال نہیں آیا کہ وہ آگے چلی جائے گی اور اس کے خواب پیچھے پڑے رہ جائیں گے اور ڈورس فون پر کہہ رہی تھی: "اینی، نیلوفر کی پتنگ کٹ گئی۔"

"بھئی خدا کے لیے چپ رہو۔" میں نے اکتا کر کہا۔ وہ بولتی رہی: "نکہت رحمن کی شادی ۲۳۔ دسمبر کو ہو رہی ہے۔ بتاؤ کیا پہنیں گے؟ میں تو روپہلے ٹشو کی ساڑھی پہنوں گی اور کملا سرخ مدراسی ساڑھی پہن رہی ہے۔" اور پھر ہم دیر تک کپڑوں اور زیوروں کے متعلق طے کرتے رہے۔

۔۔۔ نیلوفر پیانو کے پردوں پر زور سے انگلیاں پٹخ کر کھڑی ہو گئی۔ فوہ، تم یہی کہو گی ناکہ کیا حماقت ہے؟ تمہارا یہ فلسفہ کہ دنیا کی ہر بات حماقت ہے، سب سے زیادہ عقل مند بس آپ ہی ہیں۔ میں تھک گئی ہوں اس فلسفے سے تمہارے۔ یہ تو ہئی۔۔۔ میں نے کہا۔ ایک بزرگوار کا، جنہیں آپ نے کہیں بچپن میں دیکھا تھا، اپنے خیالوں میں آپ نے ایک انتہائی رومینٹک کردار بنا لیا اور اب ان کی شادی آپ سے نہیں بلکہ کسی اور لڑکی سے

ہو رہی ہے، یعنی ایک بہت ہی میٹر آف فیکٹ واقعہ۔

---لیکن ریڈیو پروگرام پر وہ پرانا نغمہ بجتا رہا: میں نے خواب میں دیکھا کہ میں مرمریں ایوانوں میں رہتی ہوں۔ اور میں نے محسوس کیا کہ میں واقعی تھک گئی ہوں۔ اسے کس طرح یقین دلاؤں کہ یہ سب کچھ سچ مچ کی حماقت ہے۔ وہ کیوں نہیں دیکھتی کہ ہم سب اپنے آپ سے کس قدر مطمئن اور خوش ہیں۔

اس کے چاروں طرف پھیلی ہوئی دنیا جو خواب نہیں دیکھتی کیسی پر سکون اور قانع ہے۔ سوتے ہوئے بوڑھے، روتے ہوئے بچے، بارش کے بعد کا آسمان، موسم خزاں کے ویران راستے، دریچے کے نیچے بکھرے ہوئے زرد اور سرخ پتے۔ سرما کی راتوں میں آتشدان کے پاس قہوے کی دلنواز بھاپ اور دوستوں کے قہقہے۔ مگر نیلوفر نہ سمجھ سکی اور ریڈیو گرام چیختا رہا۔

---پھر مجھے ریوپرٹ بروک کی ایک نظم یاد آئی۔ خداؤں سے انتقام لینے کے لیے وہ ان کے آتشیں تخت کے قریب گیا لیکن وہاں پہنچ کر اس نے دیکھا کہ جنت کے سارے ایوان خالی پڑے ہیں اور فضاؤں میں صرف ایک آواز بازگشت کی گونج تیر رہی تھی---اور بارگاہِ خداوندی میں گھاس اگ آئی تھی اور خالی تخت کے چاروں طرف ہوا کا ایک بھولا بھٹکا جھونکا کاہلی سے منڈلا رہا تھا جس سے ایوانوں کے پردے آہستہ آہستہ ہل رہے تھے۔ اور ہوا کے اس جھونکے نے مرے ہوئے خداؤں کی خاکستر خلائے بے کراں میں منتشر کر دی تھی۔

---کتنی جلدی یہ سب کچھ ختم ہو گیا اور جب سرما کی اس جگمگاتی ہوئی شام کے اختتام پر شادی کے ایٹ ہوم کے بعد ہم لاپلاز سے واپس آ رہے تھے تو دفعتاً میں نے محسوس کیا کہ زندگی کے راستوں کی قندیلیں بجھ گئی ہیں اور ستارے دھندلے پڑ گیے ہیں

اور وہ واقعی اکیلی رہ گئی ہے، اور ہمارے قریب سے بارش کے چھینٹے اڑاتی سر عزیز الرحمن کی پیکارڈ تیزی سے گزر گئی اور ہم نے دیکھا کہ وہ دونوں اپنے نئے گھر، اپنی نئی زندگی کی طرف جارہے تھے اور کارمال پر بڑھتے ہوئے کہرے میں کھو گئی اور میں نے خود کو دھوکا دینے کی کوشش کرتے ہوئے پھر دعا مانگی کہ کاش وہ سمجھ سکے، کاش وہ سمجھ جائے اور اس نے مڑ کر دیکھا، اس کا خیال تھا کہ محبت گرتی پڑتی اس کے پیچھے بھاگتی آرہی ہے لیکن وہاں پر صرف ستاروں کا دھندلکا تھا اور سرما کی بارش کے ٹھنڈے قطرے تھے اور کہر آلود برفانی ہوائیں تھیں کیوں کہ محبت کب کی مر چکی تھی!

اور اس نے قہقہہ لگا کر اپنے پرانے انداز میں کہا: "ٹھیرو بچیو! ڈورس، اینی، کملا، وملا، مہر جبیں۔۔۔ میں تم سب کے ساتھ کافی ہاؤس آرہی ہوں۔"

***

۳

پالی ہل کی ایک رات

(ایک تمثیل جس کے سارے کردار قطعی فرضی ہیں۔)

کردار۔

(۱) ہومائے اردشیر جنگ والا

(۲) رودابہ جنگ والا

(۳) آنٹ فیروزہ

(۴) آغائے واراب کاظم زادہ

(۵) خانم گلچہر اسفندیاری

مقام: پالی ہل، بمبئی

زمانہ: جولائی ۱۹۷۶ء وقت آٹھ بجے شب

وسیع اسٹیج۔۔۔ عقبی دیوار کے وسط میں کھلا دریچہ۔ اس کے دونوں طرف گوا کی سیاہ تپائیوں پر منگ گلدان، بائیں دیوار پر دو روغنی اکیڈمی پورٹریٹ، ان کے عین نیچے کوئن این صوفہ، دو کرسیاں، ایک کارڈ ٹیبل، کونے میں کاٹیج پیانو، اس کے اوپر روپہلی فریم میں ایک متبسم خوب رو نوجوان کا بہت بڑا فوٹو گراف۔ بلوری مرتبان میں ایک جنک (چینی جہاز) کا ماڈل۔ ایک یونانی گلدان۔ دیواروں پر ولایتی وال پیپر جو جگہ جگہ سے اکھڑ

چکا ہے۔ اسٹیج کے دائیں حصے میں گول ڈائننگ ٹیبل اور دو کرسیاں وکٹورین سائڈ بورڈ۔ اس پر ایک شمع دان willow pattern کی نیلی برطانوی پلیٹیں۔۔۔ اور ملکہ الزبتھ، پرنس فلپ، شہنشاہ ایران اور شہ بانو فرح پہلوی کی تصاویر۔ دو ٹوبی مگ (Toby mugs)میز پر تین افراد کے لیے پلیٹیں، چھری کانٹے اور گلاس مع نیپکن۔

فٹ لائٹس کے قریب اسٹیج کے بائیں کنارے چوبی منقش چینی صندوق پر ایک سیاہ ایرانی بلی نخوت سے متمکن ہے۔ کمرے کا سارا سازوسامان خستہ اور بوسیدہ۔ دائیں اور بائیں پہلو کی دیواروں میں دروازے۔ دریچے کے اوپر کُکو کلاک جو آٹھ بجا رہا ہے۔ سیاہ ریشمی کیمونو پہنے، جس پر رنگ برنگے دھاگے سے ایک مہیب ڈریگن کڑھا ہے۔ ناظرین کی طرف سے پشت کیے ہومائے جنک والا دریچے میں کھڑی ہے۔ رودابہ جنک والا انگریزی ڈریس میں ملبوس پیانو کے سامنے بیٹھی Let's all go down the strand بجا رہی ہے۔ پھر وہ اچانک On richmond hill there lives a lass شروع کر دیتی ہے۔

ہومائے: اوہ، شٹ اپ۔ روڈی۔۔۔ میں دعا میں مصروف ہوں، ڈسٹرب مت کرو۔

(رودابہ Tis the last rose of summer left blooming alone بجانے میں مصروف ہو جاتی ہے۔)

ہومائے: روڈی۔۔۔ آج پورنماشی کی رات ہے اور میں آج ہی وضو کرنے میں گڑبڑا گئی۔۔۔ بتاؤ۔۔۔ منہ دھونے سے پہلے واشیمؔ ووہو پڑھتے ہیں نا۔۔۔ پھر کلّی کرنا۔ پھر تین دفعہ پنجے دھونا۔۔۔ پھر تین دفعہ کہنیوں تک ہاتھ۔۔۔ ہاتھ کی طرف کہنیوں تک نا۔۔۔؟ پھر پاؤں۔۔۔ ذرا سی بھول چوک میں گناہ ہو گا۔

(رودابہ منہ اٹھا کر "لاسٹ روز آف سمر" گانا شروع کر دیتی ہے۔ دونوں عورتوں کے چہرے اب تک چھپے ہوئے ہیں۔ اب ہومائے پہلی بار حاضرین کی طرف رخ کرتی ہے۔ ایک معمر پریشان صورت عورت)

ہومائے: روڈی۔۔۔ بتاؤ اسکولی چھوکریوں کی طرح شور مت کرو۔۔۔ کل میں نے پنج گاہ کی نمازیں قضا کر دیں۔ قضا پڑھنا فرض ہے نا۔۔۔؟ کل دستور جمشید جی سے پوچھوں گی۔ آج پور نماشی ہے۔ میں ماہ ینایش کی تلاوت کرنا چاہتی ہوں۔ لیکن بادلوں میں چاند نظر ہی نہیں آرہا۔۔۔ بڑے زور کی بارش آنے والی ہے۔ ہوشنگ کیسے پہنچے گا۔ (رودابہ سنی ان سنی کر کے پیانو بجاتی رہتی ہے۔ باہر بارش شروع ہو جاتی ہے بجلی چمکتی ہے۔ اوپر چھت پر سے کھٹ کھٹ کی آواز آنے لگتی ہے۔ باہر بلّیاں رو رہی ہیں۔ چینی صندوق پر بیٹھی ایرانی بلی کاہلی سے اتر کر صوفے کے نیچے چلی جاتی ہے۔ بادل گرجتے ہیں۔ ہومائے اونچی آواز میں خدا کے ایک سو ناموں کا ورد شروع کر دیتی ہے)

ہومائے: یزد۔۔۔ ہروسپ تواں (۱) ہروسپ آگاہ (۲) ہروسپ خدا (۳) اوری انجام۔ افزا۔ پرورا۔ خروشید تم۔ ہریمد۔ ہر نیک فرہ۔ فرمان کام۔ افرموش۔ اترس۔ افرازدم۔ آور باد گرد۔

رودابہ: (زور سے گاتی ہے)

Weep no more my lady O weep no more today we shall sing one song of the old kentucky home of the old kentucky home, Far away

ہومائے: (کانوں پر ہاتھ رکھ کر) آدر نمگر۔ باد گل گر۔ اگمان۔ ازمان۔ فیروز گر۔ نیا فرید۔ دادار۔ خرہ مند۔ داور۔ (باہر دریچے کے نیچے قدموں کی چاپ)

رودابہ: (رک کر) (دائیں دروازے کی کال بیل بجتی ہے) (کواڑ ذرا سا کھول کر باہر جھانکتی ہے پھر رودابہ سے کہتی ہے) ینگ فارنرز۔۔۔!روداباہ: ہپّی۔۔۔؟

ہومائے: نہیں۔۔۔ ہپی نہیں۔ نہایت شان دار انگریز۔۔۔ (دروازہ کھولتی ہے۔ ایک نوجوان لڑکا اور لڑکی پانی میں شرابور ذرا جھجھکتے ہوئے اندر آتے ہیں)

لڑکا: (اوکسفرڈ لہجے میں) تھنک یو میم۔۔۔ موسٹ کائنڈ آف یو۔ (برساتی اتارنے میں لڑکی کی مدد کرتا ہے پھر اپنی برساتی اتارتا ہے۔۔۔ لڑکی سنہرے بال، خوب صورت۔۔۔ بیش قیمت امریکن فراک، دونوں بہت متمول معلوم ہوتے ہیں۔ لڑکی کے ہاتھ میں ایک پارسل ہے)

لڑکی: (امریکن لہجے میں) معاف کیجئے گا ہم نے آپ کو ڈسٹرب کیا۔ ہم مسز کلثوم زری والا کا بنگلہ تلاش کرتے پھر رہے ہیں۔ کیا آپ بتا سکیں گی؟ (ایک پرچہ دکھاتی ہے، ہومائے جواب نہیں دیتی۔ وہ حیرت اور رشک کے ساتھ اس نو عمر حسین اور صحت مندر جوڑے کو تکے جارہی ہے۔ گویا دونوں کسی پرانے خوش گوار خواب میں سے اچانک نمودار ہوگیے ہوں۔ رودابہ فوراً اسٹول سے اٹھ کر آتی ہے۔ عینک لگا کر لڑکی کے پرچے پر لکھا پتہ پڑھتی ہے۔)

لڑکی: کیبی نے کہا شاید آپ کے یہاں سے معلوم ہو جائے۔ سڑک تو یہی ہے۔

(رودابہ نفی میں سر ہلاتی ہے)

لڑکا: بلّیاں اور کتّے برس رہے ہیں۔ کیا ہم آپ کے ہاں چند منٹ ٹھہر سکتے ہیں؟ ٹیکسی ڈرائیور اس طوفان میں آگے جانے سے انکار کر رہا ہے۔

ہومائے: (چونک کر) اوہ۔۔۔!یقینا۔۔۔ اندر آجاؤ۔۔۔

(لڑکا اور لڑکی ایک دوسرے پر نظر ڈال کر کمرے میں داخل ہوتے ہیں)

لڑکی: Gee تھینکس!

ہومائے: امریکن۔۔۔؟

لڑکی: نو میم۔۔۔ ایرانین۔۔۔

لڑکا: (جھک کر) خانم گلچہر اسفندیاری۔۔۔ داراب کاظم زادے۔

ہومائے۔

رودابہ۔

ہاؤڈو یوڈو۔۔۔

(وہ دونوں صوفے پر بیٹھ جاتے ہیں۔ روشنی میں گلچہر کے لاکٹ پر ہیروں سے بنا "یا علی" جگمگانے لگتا ہے۔ ہومائے کرسی پر ٹک کر بلّی کو گود میں اٹھا لیتی ہے۔ رودابہ سرعت اور احساس مصروفیت کے ساتھ بائیں دروازے سے باہر چلی جاتی ہے)

ہومائے: تم لوگ کہاں سے آرہے ہو؟

داراب کاظم زادہ: آج صبح لندن سے۔ میں کیمبرج میں پڑھتا ہوں۔۔۔ یہ میری کزن اور منگیتر۔۔۔ گلچہر۔۔۔ سیرہ لارنس میں زیر تعلیم ہے۔ امریکہ میں۔

گلچہر: کالج میں میری ایک انڈین کلاس فیلو ہے۔۔۔ خدیجہ زری والا۔۔۔ اس نے ایک پیکٹ اور خط دیا تھا کہ بمبئی میں اس کی والدہ کو دے دوں۔۔۔

داراب کاظم زادہ: (کلپڈ برطانوی لہجے میں) مس زری والا نے اپنے مکان کا فون نمبر بھی دیا تھا۔ ہم لوگ ایئرپورٹ پر ہوٹل سینٹور میں ٹھہرے ہیں۔ وہاں سے فون کیا مگر بارش کی وجہ سے لائن خراب تھی۔ شام کو ٹیکسی لے کر مکان ڈھونڈنے نکلے۔ (رودابہ چائے کی ٹرے لیے کمرے میں واپس آتی ہے) ہم دونوں۔۔۔ کزن گلچہر اور میں۔۔۔ چھٹیوں میں ہندوستان کی سیاحت کے لیے آئے ہیں۔ وطن ہوتے ہوئے اپنے اپنے

والدین سے مل کر مغرب واپس جائیں گے۔

ہومائے: وطن۔۔۔؟

داراب: طہران۔۔۔ایران۔۔۔

ہومائے: اوہ۔۔۔اوف کورس۔۔۔!

(داراب نظریں اٹھا کر سائیڈ بورڈ کو دیکھتا ہے جس پر شاہ اور شہبانوے ایران کی تصویر رکھی ہے۔ وہ ذرا تعجب اور مسرت سے مسکراتا ہے۔ ہومائے چپ بیٹھی ہے۔ ایسا لگتا ہے شاید مدتوں بعد گھر پہ مہمان آئے ہیں اور اس کی سمجھ میں نہیں آرہا ان سے کیا بات کرے)

رودابہ: (چائے کی ٹرے کارڈ ٹیبل پر رکھتے ہوئے) ہومائے! تم نے ہم لوگوں کا تعارف کرادیا۔۔۔؟ ینگ مین۔۔۔! میں رودابہ اردشیر جنک والا ہوں۔ یہ میری بڑی بہن مس ہومائے جنک والا۔ (داراب اور گلچہر مسکرا کر سر خم کرتے ہیں) اور وہ ہمارے والدین۔۔۔ سر اردشیر کے کاؤس جنک والا۔۔۔لیڈی تہمینہ جنک والا۔

داراب: (زیر لب) ہاؤ فیسی نیٹنگ۔۔۔!

رودابہ: (پیانو پر رکھی خوش شکل نوجوان کی تصویر کی طرف اشارہ کر کے) یہ ہوشنگ سروش یار مرزا۔۔۔ ہومائے کا منگیتر۔۔۔

(ہومائے ذرا شرما کر سر جھکا لیتی ہے۔ لفظ "منگیتر" پر داراب کاظم زادہ اور گلچہر اسفند یاری قدرے متحیر نظر آتے ہیں۔ چھت پر کھٹ کھٹ کی آواز۔ دونوں نووارد گھبرا کر ایک دوسرے کو دیکھتے ہیں۔ رودابہ چائے بناتی ہے۔)

داراب: تھینکس۔ ہاؤ ویری نائس آف یو۔۔۔

رودابہ: یہ لوکیک۔۔۔ آج ہی ہومائے نے بیک کیا ہے اور کاٹج چیز اور اسکونز میں

نے بنائے ہیں۔

داراب کاظم زادہ: گڈ لارڈ۔۔۔! کاٹج چیز اور اسکونز۔۔۔! معلوم ہوتا ہے جیسے میں ابھی انگلستان ہی میں ہوں!

ہومائے: (ہونٹ پچکا کر) ہاہا۔۔۔ اس مکان سے باہر نکلو گے تو پتہ چلے گا کہ یہاں کے اسٹینڈرڈ کتنے گر گیے ہیں۔ میں امید کرتی ہوں تم کو مسز پوچ کھانا والا کا بنگلہ مل جائے گا۔۔۔ اگر اب تک گرا نہ ہو۔۔۔

گلچہر اسفندیاری: مسز کلثوم زری والا۔

رودابہ: کارٹر روڈ۔۔۔؟

گلچہر: جی نہیں۔۔۔ الی مالا روڈ۔۔۔ ٹیکسی والا ساری پالی ہل پر لیے پھرا۔ ہوٹل میں کسی نے ہمیں بتایا تھا کہ یہ جگہ دلیپ کمار کے بنگلے کے نزدیک ہوگی۔۔۔ ایک راہ گیر بولا راجیش کھنّہ کے بنگلے کے آگے دائیں ہاتھ کو جو سڑک جاتی ہے۔ میں نے کیبی سے کہا یہ دونوں بنگلے پالی ہل کے لینڈ مارک معلوم ہوتے ہیں تو وہ فوراً بولا، "میڈیم! لینڈ مارک میں تو مرحومہ مینا کماری رہتی تھیں!" (ہنستی ہے) اور راجیش کھنّہ کا بنگلہ۔۔۔

ہومائے: (ذرا ناگواری سے) راجیش کھنّہ کون ہے؟

رودابہ: ہومائے ڈیر۔۔۔ راجیش کھنہ ایک انڈین سنیما ایکٹر ہے۔ دلیپ کمار بھی۔۔۔

گلچہر: (ذرا جوش سے) دلیپ کمار، مینا کماری، وجینتی مالا، ممتاز۔ میں ان سب کی موویز طہران میں دیکھ چکی ہوں۔ اپنے بچپن میں۔ آئی لو انڈین مو ویز۔۔۔ میری ممی نے تو سنگم پانچ مرتبہ دیکھی تھی۔ اور داراب یاد ہے ہمارے بچپن میں وہ انڈین فلم سونگ ہمارے طہران میں کس قدر مقبول تھے۔ "دوست دوست نہ رہا" اور "میری جان شب

بخیر!" "آپ کو یہ گیت آتے ہیں۔۔۔؟

(رودابہ نفی میں سر ہلاتی ہے۔)

داراب: گلچھبر! میرا خیال ہے کل صبح دن کی روشنی میں تمہاری سہیلی کی والدہ کا مکان تلاش کریں۔ اب ان مہربان خواتین کا شکریہ ادا کر کے چلتے ہیں۔ بارش کا زور کچھ کم ہو رہا ہے۔ (ٹھٹھک کر) میم۔۔۔ آپ کے ہاں چینی نوادر کا بہت عمدہ ذخیرہ موجود ہے!

ہومائے: (چونک کر، خوشی سے) میرے گریٹ گرینڈ فادر نے چائنا سے تجارت شروع کی تھی۔ ان کے اپنے جنک تھے۔۔۔ سمندری جہاز۔۔۔

داراب: ہاؤ انٹرسٹنگ۔۔۔!

ہومائے: (جواب اپنے متعلق بتانے کے لیے دفعتاً بہت بے چین نظر آتی ہے۔) ڈپریشن سے قبل اس سڑک کے متعدد بنگلے ہمارے خاندان کی ملکیت تھے۔ کرش کے بعد سب بک گیے۔ چین سے ٹریڈ بھی ختم ہو گئی۔

داراب: اور آپ کے والدین؟

ہومائے: دونوں مر گیے۔

داراب: بہن بھائی۔۔۔؟

رودابہ: وہ بھی مر گیے۔

داراب: دوسرے رشتہ دار۔۔۔؟

رودابہ: وہ بھی مر گیے۔

داراب: اوہ۔۔۔ آئی ایم سوری۔

ہومائے: ٹھیک ہے۔ اس کے متعلق تم کیا کر سکتے ہو۔ (اوپر چھت پر کھٹ کھٹ شروع ہو جاتی ہے۔)

گلچہر: (چائے کی پیالی ختم کر کے داراب سے) اجازت لیں؟

رودابہ: نہیں نہیں۔۔۔ ابھی بیٹھو۔۔۔ ڈنر کھا کر جانا۔

داراب: میم۔۔۔ شکریہ۔۔۔ لیکن بہت رات ہو جائے گی۔ باہر ٹیکسی منتظر ہے۔

رودابہ: ٹیکسی رخصت کر دو۔ ابھی ہوشنگ آنے والا ہے۔ تم کو تمہارے ہوٹل پہنچا آئے گا۔ سانتا کروز یہاں سے زیادہ دور نہیں۔

ہومائے: (چونک کر) ہمارے پاس ۳۸ء ماڈل کی پیکارڈ ہے۔ پہلے میں اسے چلایا کرتی تھی فرّاٹے سے۔۔۔ ویک اینڈ کے لیے پونا۔۔۔ گرمیوں میں مہا بلیشور۔۔۔ ماتھیران۔۔۔ اب میرے گھٹنوں میں گٹھیا کا اثر ہو جاتا رہا ہے۔ پیکارڈ پندرہ برس سے موٹر خانے میں بند پڑی ہے۔۔۔ ہوشنگ آ جائے میں اس سے کہوں گی تم کو اسی میں تمہارے ہوٹل پہنچا دے۔

داراب: (گھبرا کر) جی نہیں۔۔۔ زحمت نہ کیجئے، ہم ٹیکسی پر ہی چلے جائیں گے۔

ہومائے: (یکلخت سکون سے) اچھا۔ جو تمہاری مرضی۔ ہوشنگ بھی میری پیکارڈ چلانے پر راضی نہیں ہوتا، ٹیکسی پر آتا جاتا ہے۔

گلچہر: (اب ذرا اکتا کر) مسٹر ہوشنگ کب آئیں گے؟ (ککو کلاک میں سے پرندہ باہر نکل کر سریلی سیٹی بجاتا ہے۔)

رودابہ: اب آتا ہی ہو گا۔ اسے تاش کی لت ہے۔ روزانہ پابندی سے ولنگڈن کلب جاتا ہے۔ پہلے ٹینس۔۔۔ پھر کارڈز۔۔۔ نو دس بجے تک یہاں آتا ہے۔۔۔ تم لوگ بمبئی میں کب تک ہو۔۔۔؟ کسی شام ہوشنگ کے ساتھ ولنگڈن کلب ہو آؤ۔ آج بھی نو دولتوں کے اس بد صورت نئے شہر میں اس کلب کا پرانا برٹش ماحول بر قرار ہے۔ پرانی نسل کے چند وضع دار جنٹلمین اب بھی دستانے پہن کر چھڑی ہاتھ میں لے کر وہاں برج کھیلنے آتے

ہیں۔

داراب: ہاؤ انٹرسٹنگ۔۔۔!

گلچہر: جیسے نیو انگلینڈ کے پرانے کنٹری کلب۔۔۔!

ہومائے: یو آر رائٹ۔۔۔ میں بھی جنگ سے پہلے والدین کے ساتھ امریکہ گئی تھی۔ اس سے بھی کئی سال قبل ماما جب پہلی بار پاپا کے ساتھ امریکہ گئیں۔۔۔ ہالی وڈ میں رڈولف ویلنٹینو نے اپنے ہاتھ سے ان کو اپنی تصویر بھی دی تھی۔۔۔ دکھاؤں۔۔۔؟ (اٹھتی ہے)

گلچہر: مائی گوڈ۔۔۔!

رودابہ: اب وہ تصویر کہاں تلاش کرو گی۔ چھوڑو۔۔۔

ہومائے: (پھر بیٹھ جاتی ہے۔ اب داراب کو مخاطب کر کے) ہم دونوں بہنوں نے سوئٹزرلینڈ میں فنشنگ اسکول کیا۔ ہوشنگ نے تمہاری طرح اوکسفورڈ میں پڑھا تھا۔

داراب: میں کیمبرج میں ہوں۔

ہومائے: نیور مائنڈ۔۔۔ اچھا ذرا میں کچن میں ہو آؤں۔۔۔ ایکسکیوز می۔۔۔ (اٹھ کر بائیں دروازے سے باہر چلی جاتی ہے۔ رودابہ اس کے پیچھے پیچھے جاتی ہے۔ دریچے کے باہر طوفان بادوباراں کی گرج۔۔۔ سمندر کا شور بڑھتا جارہا ہے۔ داراب اٹھ کر دریچے سے باہر جھانکتا ہے۔ پھر آہستہ سے) افوہ کتنا گھپ اندھیرا ہے۔ میں نے ایسی تاریک رات کبھی نہیں دیکھی۔ انڈین مونسون کی رات۔۔۔! سمندر۔ بادل اور رات سب گھل مل کر ایک ہو گیے ہیں۔

(گلچہر ذرا خوف زدہ ہو کر داراب کے پاس جا کھڑی ہوتی ہے۔ احساس تحفظ کے لیے اس کے شانے پر ہاتھ رکھ دیتی ہے۔)

گلچہر: داریوش۔۔۔!

داراب: (گھبراکر) ارے ہماری کیب غائب ہوگئی ہے۔۔۔؟

گلچہر: (کھڑکی سے باہر جھانک کر) نہیں۔۔۔نیچے پورٹیکو میں کھڑی تو ہے۔ کیا گھٹا ٹوپ اندھیرا ہے۔۔۔ (ذرا توقف کے بعد) اس طرح قدیم شان دار جارجین مکان جنوبی اسٹیٹس میں بھی موجود ہیں۔ کوٹن پلانٹیشنز پر۔۔۔ ہماری میزبان کہاں چلی گئیں؟

داراب: بے چاریاں ہمارے لیے ڈنر کا انتظام کرنے گئی ہیں۔

گلچہر: ڈیلائٹ فل اولڈ لیڈیز۔۔۔ سوکیوٹ۔۔۔ بالکل پھدکتی ہوئی چڑیاں معلوم ہوتی ہیں۔

گلچہر: (ندامت سے) آئی ایم سوری۔۔۔ ہنی۔۔۔

داراب: (سوچتی ہوئی آواز میں۔۔۔ آہستہ آہستہ) انسانوں کی طرح نسلیں بھی بوڑھی ہو جاتی ہیں۔۔۔ کیمبرج میں ایک مرتبہ میرے ایک انڈین پارسی دوست نے بتلایا تھا کہ اس وقت ساری دنیا میں پارسیوں کی تعداد السٹریٹڈ ویکلی آف انڈیا کی سرکولیشن سے ایک تہائی کم ہے۔

گلچہر: گڈ گوڈ!

داراب: آج تیسرے پہر جب ہم لوگ سیر کرتے مالا بارہل کی ڈھلوان پر سے آرہے تھے۔ راستے میں ٹیکسی ڈرائیور نے ایک گھنے سرسبز جنگل کی طرف اشارہ کرکے بتایا تھا کہ اس میں پارسی لوگ کا دخمہ ہے۔۔۔ یاد ہے۔۔۔؟

گلچہر: ہاں۔۔۔

داراب: اس وقت مجھے ایک خیال آیا۔۔۔ پسار گارد۔۔۔ پرسی پولس۔ طاق کسریٰ۔۔۔ اور آخر میں فقط مالابارہل بمبئی کا دخمہ۔۔۔ لارڈ۔۔۔! واٹ این اینٹی کلائمکس!

گلچہر: ہاؤئیڈ۔۔۔

داراب: نہیں۔۔۔ رنج نہ کرو۔۔۔ ہم تو زندہ ہیں اور ہماری قدیم تہذیب کے خالق یہ غیر معمولی لوگ بھی باقی رہیں گے۔

(بارش دفعتاً تھم جاتی ہے۔ دریچے کے باہر مدھم سی دودھیا روشنی آہستہ آہستہ تیز ہوتی ہے۔)

داراب: گلچہر۔۔۔ دیکھو بادل ذرا سے چھٹے اور چاند نکل آیا۔۔۔ ماہ کامل۔ سامنے والے بنگلے کے پیچھے بادلوں میں سے نمودار ہوتا کتنا فسوں خیز معلوم ہو رہا ہے۔ بالکل جیسے کانسٹبل کی ایک پینٹنگ۔۔۔ کبھی یہ جگہ بے حد خوب صورت رہی ہوگی۔

گلچہر: ٹیکسی ڈرائیور کہہ رہا تھا صرف دس برس پہلے تک سارے پالی ہل پر انتہائی پکچریسک بنگلے موجود تھے۔ اب سب غائب ہوتے جا رہے ہیں۔ انہیں گرا کر ان کی جگہ اسکائی اسکرپیر بنا دیے گیے۔۔۔ داراب! میں امریکہ سے ہندوستان اسکائی اسکرپیر دیکھنے تو نہیں آئی۔ کل ہی چلو بمبئی سے۔

داراب: ڈارلنگ۔۔۔ ہم لوگ اصل ہندوستان کی سیر کے لیے پرسوں صبح سویرے یہاں سے روانہ ہو رہے ہیں۔ جے پور۔ آگرہ۔ دلّی۔ کھجوراہو۔۔۔ دی ورکس! اکتاؤ نہیں۔۔۔ (باہر مینھ پھر برسنے لگتا ہے۔ ہومائے اور رودابہ دو کشتیاں اٹھائے کمرے میں واپس آتی ہیں۔ کشتیاں جن میں ڈھکے ہوئے ڈونگے چنے ہیں ڈائننگ ٹیبل پر رکھ کر اپنی اپنی جگہ واپس آ بیٹھتی ہیں۔ داراب اور گلچہر دریچے سے ہٹ کر صوفے کی طرف آتے ہیں۔ ہومائے اپنے ہاتھوں کو دھیان سے دیکھ رہی ہے۔)

داراب: ماد موزیل۔۔۔ آپ دونوں کے ہاتھ کتنے خوب صورت ہیں۔ ارسٹو کریٹک۔۔۔ چھوٹے چھوٹے ہاتھ جنھوں نے کبھی کام نہیں کیا۔ سوائے پیانو بجانے اور

کشیدہ کاری کے۔۔۔!

(دونوں بہنیں تشکر آمیز نگاہوں سے داراب کاظم زادہ کو دیکھتی ہیں۔)

ہومائے: (ذرا بھرّائی ہوئی آواز میں) پیارے نوجوان آدمی تم بہت مہربان ہو۔۔۔ اور بہت مہذب۔۔۔ لیکن ہمارے بٹلر کک، میڈ، سب کب کے رخصت ہوئے۔ عرصے سے ہم دونوں خود ہی کھانا پکاتے ہیں۔ خود گھر کا سارا کام کرتے ہیں۔

داراب: (خلوص سے) اب ہمارے لیے مزید تکلیف نہ اٹھایئے۔ ہم اپنے ہوٹل واپس جا کر۔۔۔

ہومائے: نہیں نہیں۔۔۔ ہوشنگ آنے والا ہے۔۔۔ ہم سب کے ساتھ ڈنر میں شریک ہو۔۔۔ پلیز۔۔۔!

داراب: بہت خوب۔۔۔ شکریہ۔۔۔ (کمرے میں ٹہل ٹہل کر سامان آرائش دیکھنے لگتا ہے۔ پھر سر اور شیر اور لیڈی جنک والا کی روغنی اکیڈمی تصاویر کے سامنے جا کھڑا ہوتا ہے۔)

ہومائے: (فخر سے) ہمارے پاپا اور ماما۔۔۔! (رومال سے آنکھیں خشک کرتی ہے)

داراب: جی ہاں۔۔۔ آپ نے بتایا تھا۔ (بیٹھ جاتا ہے)

ہومائے: دی ایئر نائنٹین تھرٹی فور میں جب پاپا دیوالیہ ہوئے، اسی کمرے میں بھری برسات کی ایک ایسی ہی اندھیری رات انہوں نے تولیہ سر پر لپیٹ کر اپنی کنپٹی پر پستول چلا دیا تھا۔ (گلچہر خفیف سالرز کر داراب کو دیکھتی ہے) کچھ عرصے بعد ماما شدت غم سے چل بسیں۔۔۔۔ دستور جمشید جی ہمارے فیملی پریسٹ نے ہمیں سمجھایا۔۔۔ روؤ مت۔۔۔ باؤدخت نسخ میں لکھا ہے،" خدا اور اس کے پیغمبر (حضرت زرتشت) کا ارشاد ہے کہ مرنے والے کی موت پر رونا گناہ ہے۔ جب مرنے والا عالم نزع میں ہوتا ہے

دیو استاگ واد اس کی روح قبض کرنے آتا ہے، بالا روانے کے کاؤس جس نے آسمان پر پرواز کرنے کی کوشش کی تھی۔ دیو استاگ واد کے پنجے سے نہ بچا۔۔۔ نہ افراسیاب شاہِ توران جس نے موت سے بھاگنے کی سعی میں سمندر کی تہہ میں آہنی محل بنوایا تھا۔۔۔"ماما کی لاش کے لیے زمین پر بستر بچھایا گیا۔ سروش باج کی تلاوت ہوئی۔۔۔ سگ وید کروائی گئی۔ کفن پہنایا گیا۔۔۔ دستور لوگ یشت گاہاں کے لیے تیار ہوئے۔۔۔ دخمے میں میت چڑھا کر دروازہ مقفل کیا گیا۔۔۔ پس ماند گان نے بعد وضو نماز دخمہ ادا کی۔۔۔ تین رات تک ہمارے گھر میں اور دخمے کے نزدیک چراغ جلا۔

جانتے ہو۔۔۔؟ اگر ان تین راتوں میں اوستانہ پڑھی جائے تو سروش (۵) رواں کی مدد نہیں کرتا۔۔۔ رواں کے لیے پہلی تین راتیں بہت بھاری ہیں جو اسے نو ہزار راتیں معلوم ہوتی ہیں۔۔۔ انبوہ در انبوہ دیو آکر اسے ڈراتے ہیں۔ لیکن ان ہی تین راتوں میں سروش پُل ۶ پر اس کی رہبری کرتا ہے۔۔۔ نیک رواں کو امیتا سپند پل چنوات پر سے گزار لے جاتے ہیں۔ مقدس ارواح اور فردوس کی حوریں پُل کے سرے پر زرمایہ روغنا (۷) سے اس کا خیر مقدم کرتی ہیں۔ وہ تا قیامت مسرور رہتی ہے۔ چوتھے روز طلوع آفتاب سے قبل آفرنگاں کی تلاوت کی گئی تاکہ رواں برزخ میں سے نکل جائے۔ دستور آدھی رات کو آکر گھر کی دہلیز پر کھڑے ہو کے پس ماند گان کو اطلاع دیتے ہیں۔۔۔ اب متوفی کی رواں فلاں مقام پر ہے۔۔۔ اب فلاں جگہ پہنچ چکی ہے۔۔۔ پاپا اور ماما کے لیے بھی انہوں نے یہی کیا داراب —! مجھے یقین ہے پاپا اور ماما کی روحیں اب فردوس میں موجود ہوں گیر ومال سے پلکیں خشک کرتی ہے)

داراب: (چند لمحوں بعد، گہری آواز میں) مجھے بھی یقین ہے ماوموزیل۔

(خاموشی کا مختصر وقفہ۔۔۔ معاً چھت پر کھٹ کھٹ از سرِ نو شروع ہو جاتی

ہے۔ دونوں ایرانی مہمان گھبرا کر اوپر دیکھتے ہیں۔)

گلچہر: (کھنکار کر) معاف کیجئے گا۔۔۔ میم۔۔۔ کیا بالائی منزل پر کرائے دار رہتے ہیں؟

(دونوں بہنیں متوحش ہو کر ایک دوسرے پر نظر ڈالتی ہیں۔)

ہومائے: (رودابہ سے) انہیں بتلا دوں؟

(اسٹیج کے باہر ونگ میں کسی کے زینہ اترنے کی آواز۔۔۔ کھٹ کھٹ۔۔۔ دائیں دروازے میں ایک بے حد ضعیف پارسن آسیب کے مانند نمودار ہوتی ہے۔ سفید لیس کا بلاؤز، سفید ریشمی ساڑی جس کی سیاہ مخملیں بیل پر رنگ برنگے پھول بنے ہیں۔ ہیرے کا بروچ۔ گوشوارے۔۔۔ سچے موتیوں کی مالا۔۔۔ جالی کے سفید دستانے، ساٹن کے سبک سفید سینڈل، دائیں ہاتھ میں رنگین پیراسول۔۔۔ معلوم ہوتا ہے گویا سیدھی بکنگھم پیلیس کی گارڈن پارٹی سے واپس آرہی ہیں۔۔۔ عمر تقریباً پچانوے سال۔)

ضعیفہ: (جھرجھری آواز میں) ہومائے۔۔۔! رودابہ۔۔۔! سروش کسی کی مدد نہیں کرتا۔۔۔ نہ بہرام (۸) یزد۔۔۔ نہ خود اہرمزد۔۔۔ اس دھوکے میں بھی نہ رہنا۔۔۔ سمجھیں۔۔۔؟ سب عالم برزخ ہی برزخ ہے۔ یا جہنم۔۔۔ فردوس کہیں نہیں ہے۔۔۔ سمجھیں۔۔۔؟ باقی یہ کہ وہ پُل پر مہر داور کے سامنے پہنچ چکا ہے اور اب اس کا اور میرا مقدمہ مہر یزد کے سامنے پیش ہونے ہی والا ہے۔۔۔ آدھی رات کو تمہیں یہ اطلاع دینے آئی ہوں۔۔۔ گڈنائٹ۔

(ضعیفہ کھٹ کھٹ چلتی اسٹیج پر سے گزر جاتی ہے۔۔۔ گلچہر سہم کر داراب سے لپٹ گئی ہے۔۔۔ رودابہ اور ہومائے بھونچکی بیٹھی ہیں۔ باہر ونگ میں سیڑھیاں چڑھنے کی آواز۔۔۔ کمرے میں سناٹا)

(سنبھل کر) آئی ایم سوری۔۔۔ یہ بے چاری ہماری دیوانی آنٹ فیروزہ ہیں۔ سابق لیڈی فیروزہ ڈائمنڈ کٹر۔۔۔ اوپر کی منزل پر رہتی ہیں۔۔۔ بالکل تنہا۔ دماغ چل گیا ہے لیکن پچانوے سال کی عمر میں کیا قابلِ رشک صحت ہے۔۔۔ سارے وقت پیراسول کی نوک سے فرش کھٹکھٹایا کرتی ہیں۔۔۔ چوبی چھت ہے اس وجہ سے آواز صاف آتی ہے۔۔۔ ہمیں تنگ کرنا ان کا اصل مقصد ہے۔ (داراب اور گلچہر ایک دوسرے کا ہاتھ مضبوطی سے تھامے رہتے ہیں۔)

ہومائے: میرا خیال ہے ہوشنگ کے آنے سے قبل تم دونوں کو بے چاری کریزی آنٹ فیروزہ کا قصہ سنا ہی دوں۔

روودابہ: (ڈانٹ کر) نہیں ہومائے۔۔۔ خاموش رہو۔

ہومائے: ہر گز نہیں۔ ضرور سناؤں گی۔۔۔ (داراب اور گلچہر اٹھ کھڑے ہوتے ہیں اور تیزی سے دروازے کی جانب بڑھتے ہیں۔ ہومائے لپک کر داراب کا بازو پکڑ لیتی ہے اور غیر معمولی طاقت سے دونوں نوجوانوں کو ڈھکیلتی دریچے کے پاس لے جاتی ہے) وہ سامنے جلا ہوا کھنڈر دیکھتے ہو۔۔۔؟ املتاس کے ادھر۔۔۔؟

داراب: (ہکلا کر) جی ہاں۔

ہومائے: یہ لیڈی فیروزہ کا مکان تھا۔ (داراب عادتاً "ہاؤ انٹرسٹنگ" کہنا چاہتا ہے مگر سہم کر رک جاتا ہے) آنٹ فیروزہ ہماری والدہ کی دور کی رشتے دار تھیں۔ امیر کبیر ماں باپ کی اکلوتی۔۔۔ دی ایرنائنٹین ناٹ فائیو میں جب اپنے سوئیس اسکول سے واپس آئیں یوروپ سے۔۔۔ ان کی شادی سر فریدوں جی ڈائمنڈ کٹر سے کر دی گئی۔ سر فریدوں بلجیم سے ہیروں کی تجارت کرتے تھے۔

روودابہ: شادی کے اٹھارہ انیس سال بعد وہ مر گیے۔۔۔ لیڈی فیروزہ ڈائمنڈ کٹر ایک

کروڑپتی لاولد بیوہ بن گئیں۔

ہومائے: ہوشنگ سروشیار مرزا میرا لڑکپن کا دوست تھا۔ مگر اس کے ماں باپ معمولی لوگ تھے۔ باپ ایک بنک میں ہیڈ کلرک۔۔۔ سرارد شیر جنک والا کی لڑکی سے اس کی شادی ناممکن۔۔۔ وہ ہمارے تعلیمی ٹرسٹ سے وظیفہ حاصل کر کے پڑھنے کے لیے ولایت چلا گیا تاکہ واپس آکر کچھ بن سکے اور مجھے بیاہ لے جائے۔ اس دوران میں ڈپریشن ہوا۔۔۔ پاپا ماما مرے۔۔۔ ہمارا اپنا گھر تباہ ہو گیا۔ دی ایئر نائنٹین تھرٹی ایٹ میں ہوشنگ ولایت سے لوٹا۔۔۔ مگر قسمت خراب تھی، حسب دلخواہ ملازمت نہیں ملی۔ تین سال بے کار رہا۔۔۔

ہومائے: تب ایک شام اسی کھڑکی میں کھڑے ہو کر اس نے مجھ سے کہا، "ہومائے۔۔۔ اجازت دو کہ میں لیڈی فیروزہ ڈائمنڈ کٹر سے شادی کرلوں۔ بڑھیا بیمار رہتی ہے۔ چند سال میں لڑھک جائے گی۔ پھر ہم تم اپنا گھر بسالیں گے۔۔۔ اس وقت تم اور ہم دونوں افلاس کے شکار ہیں۔ اور اپنی مالی پریشانیوں سے چھٹکارا پانے کا یہ واحد اور سہل ترین نسخہ ہے۔"

مجھے اپنے کانوں پر یقین نہ آیا اور میں گم سم رہ گئی۔ وہ میرے جواب کا انتظار کیے بغیر زینہ اتر کر پورٹیکو سے نکلا اور لیڈی ڈائمنڈ کٹر کے بنگلے کی سمت روانہ ہو گیا۔

رودابہ: ٹرف کلب میں دعوت ہوئی۔ دستوروں نے مقدس منتر پڑھ کر دونوں کو ایک دوسرے کا کتخدا (۹) اور کد بانو (۱۰) بنا دیا اور وہ ہمارا "انکل ہوشنگ" بن گیا۔۔۔ آنٹ فیروزہ خوشی سے پھولی نہ سمائیں۔۔۔ اس عمر میں ایسا خوب صورت نوجوان شوہر مل گیا۔ ناقابل یقین خوش نصیبی۔۔۔

ہومائے: بنام یزد (۱۱) ہوشنگ کتنا شکیل اور طرح دار تھا۔۔۔ اب ہم سب نے مل

کر آنٹ فیروزہ کے انتقال کا انتظار شروع کیا۔۔۔ شادی کے وقت ان کی عمر ساٹھ سے اوپر تھی۔۔۔ گلچہرا۔۔۔ اس وقت میں تمہارے ہی برابر رہی ہوں گی۔۔۔ اور ہوشنگ بالکل تمہارے داراب جیسا تھا۔۔۔!

(گلچہر اور داراب لرز کر ایک دوسرے کا ہاتھ زیادہ مضبوطی سے تھام لیتے ہیں۔)

رودابہ: لیکن آنٹ فیروزہ جیتی ہی چلی گئیں۔۔۔ پینسٹھ سال، ستّر سال، اسّی سال۔۔۔ اور بے چارہ ہوشنگ وفادار ملازم کی طرح خدمت میں حاضر۔۔۔ آنٹ فیروزہ کا حکم تھا وہ چوری چھپے بھی ہم سے نہ ملے۔ ہمارے اور اس کے پیچھے پرائیویٹ جاسوس لگا رکھے تھے۔۔۔ اور خبردار کر دیا تھا کہ اگر ہومائے سے ملتا پایا گیا تو وہ اپنی ساری دولت اس کے بجائے کسی خیراتی ادارے کو دے جائیں گی۔۔۔

ہومائے: تب عاجز آکر بے چارے ہوشنگ نے اپنی قسمت سے انتقام لینا شروع کیا۔۔۔ وہ آنٹ فیروزہ کا روپیہ بے دردی سے اڑانے لگا۔۔۔ ریس کورس۔۔۔ جوا۔۔۔ شراب۔۔۔ سٹہ۔۔۔ وہ اسے بھاری بھاری چیک کاٹ کر دیا کیں تاکہ خوش رہے۔

رودابہ: جب آنٹ فیروزہ اکیاسی کی ہو کر بیاسی میں لگیں ہوشنگ ان کو تقریباً کنگال کر چکا تھا۔ پھر اس نے آنٹ فیروزہ کی اکیاسیویں سال گرہ بڑی دھوم سے منائی۔ سامنے والے بنگلے میں زوردار پارٹی ہوئی۔۔۔ کیک پر ۸۱ کے بجائے ۱۸ موم بتیاں لگائی گئیں۔ شہر کا بہترین ڈانس بینڈ آیا۔ ہم دونوں بہنیں اسی کھڑکی میں سے نظارہ دیکھتے رہے۔

ہومائے: اچانک بنگلے میں سے مہیب شعلے بلند ہوئے۔ چاروں طرف شور مچ گیا۔۔۔ آگ۔۔۔! آگ۔۔۔! کسی نے آکر کہا کہ برتھ ڈے کی ایک موم بتی سے اتفاقیہ آگ لگی۔ فائر انجن آتے آتے تین منزلہ بنگلہ جل کر خاک ہو گیا۔۔۔ لیکن آنٹ فیروزہ تب بھی زندہ بچ گئیں۔۔۔ آگ ہوشنگ ہی نے لگائی تھی۔

رودابہ: وہ بھی بچ گیا۔ فوراً رات کے اندھیرے میں بھاگ نکلا۔۔۔ روپوش ہو گیا۔ لیکن ڈرائنگ روم کے ملبے میں پڑی دعوت میں آئے ہوئے کسی Gate Crasher گمنام اجنبی کی لاش کو آنٹ فیروزہ ہوشنگ سمجھیں۔ اتفاق سے وہ بدقسمت اجنبی ہوشنگ کا ہم شکل تھا۔۔۔ آنٹ فیروزہ نے فوراً ایک آرٹسٹ بلوا کر جلد از جلد اس کا ڈیتھ ماسک بنوایا۔۔۔ پھر لاش کی آخری رسوم ادا کی گئیں۔۔۔ اخباروں میں چھپا کہ مسٹر ہوشنگ سروشیار مرزا اس خوف ناک آتش زدگی میں نہایت ٹریجک طور سے۔۔۔ جب وہ دھڑا دھڑ جلتے عالیشان ایوانِ نشست سے بھاگنے کی کوشش کر رہے تھے۔۔۔ (اور میزبان خاتون اور سارے مہمان اور ملازم بخیریت نکلنے میں کامیاب رہے تھے۔)۔۔۔ جلتے ہوئے مخملیں پردوں کے انبار میں پھنس کر جاں بحق تسلیم۔۔۔

ہومائے: (انگلی اٹھا کر رازدارانہ انداز میں) لیکن مجھے اور روڈی کو اصلیت معلوم ہے۔ وہ خبر غلط تھی۔ دنیا کو دھوکا ہوا۔۔۔ آنٹ فیروزہ کو دھوکا ہوا۔۔۔ وہ اسی وہم میں مبتلا ہیں کہ ہوشنگ اس خوف ناک رات جل کر بھسم ہو گیا۔

رودابہ: ان کا محل نما بنگلہ راکھ ہو چکا تھا۔۔۔ اور ہم لوگوں کے سوا ان کا کوئی رشتہ دار زندہ نہ تھا۔۔۔ ہوشنگ سے بیاہ کرنے کے بعد وہ پچھلے بیس برس سے ہم سے قطع تعلق کر چکی تھیں۔۔۔ مگر اس نازک وقت میں ہم دونوں اظہار افسوس کے لیے سیڑھیاں اتر کر راکھ کے ڈھیر پر پہنچے۔۔۔ وہ املتاس کے نیچے ایک ادھ جلی کرسی پر خاموش بیٹھی تھیں۔۔۔ چاروں طرف ان کا آتش زدہ بیش قیمت سازو سامان بکھرا پڑا تھا۔۔۔ ڈیتھ ماسک ان کی گود میں رکھا تھا اور اس وقت وہ تقدیر کی خوف ناک دیبی معلوم ہو رہی تھیں۔

ہومائے: لیکن آخری قہقہہ ہمارا تھا۔ ہم نے بحیثیت رشتہ دار ان سے درخواست کی

کہ وہ ہمارے یہاں آجائیں۔ آنٹ فیروزہ اپنے تکبر اور نخوت کے لیے مشہور تھیں۔ انہوں نے مغرور شعلہ بار نگاہوں سے ہمیں دیکھا پھر ڈیتھ ماسک کی طرف اشارہ کر کے اپنی شاہانہ جھر جھری آواز میں آہستہ سے بولیں، "ہومائے۔۔۔ رودابہ۔۔۔ یہ بدنصیب مجھ سے چھٹکارا حاصل کرنے کی کوشش میں جس لمحے "ہیپی برتھ ڈے" گاتے مہمانوں کی بھیڑ کے پیچھے چھپ کر موم بتی کی لو سے پردے کو آگ لگا رہا تھا میں نے اسے دیکھ لیا تھا۔۔ مگر اب بھی اسے نجات نہیں ملی۔ اس کی رواں نکلتے نکلتے اپنے پیچھے اپنے نقوش چھوڑ گئی ہے۔۔" انہوں نے ڈیتھ ماسک اوپر اٹھایا پھر گود میں رکھ لیا اور خاموش ہو گئیں۔

رودابہ: اس کے بعد وہ مع اس ڈیتھ ماسک اور باقی ماندہ سامان کے چپ چاپ ہمارے یہاں دوسری منزل پر منتقل ہو گئیں۔۔۔ ہمارے ساتھ تعلقات حسب معمول منقطع۔۔۔ ہر ماہ کی پہلی تاریخ کو کرائے کی رقم کا لفافہ دروازے کی دراز میں سے اندر سرکا دیتی ہیں۔

ہومائے: کچھ عرصے بعد وہ موت کا چہرہ بھی ان کے بیڈ روم سے چوری ہو گیا۔۔۔ وہ عبادت کے لیے آتش کدہ گئی ہوئی تھیں۔۔۔ واپس آئیں تو چہرہ غائب۔ اس کے بعد سے وہ بالکل باؤلی ہو چکی ہیں (زور سے ہنستی ہے) داراب! میرا ہوشنگ بہت چالاک ہے۔۔۔ وہ بھیس بدل کر کولابہ میں مقیم ہے۔ اپنی شامیں ولنگڈن کلب میں گزارتا ہے۔۔۔ سنیچر کی رات کو چپکے سے آکر ہمارے ساتھ کھانا کھاتا ہے اور پھر کولابہ واپس چلا جاتا ہے۔ آج سنیچر کی رات ہے۔۔۔ (ککو کلاک کی چڑیا سیٹی بجاتی ہے۔۔۔ کوکو۔ کوکو۔ کوکو) لو وہ آگیا۔

(ہومائے فوراً باہر جاتی ہے۔۔۔ رودابہ پیانو کا اسٹول گھما کر تیزی سے "ویڈنگ مارچ" بجانا شروع کر دیتی ہے۔ چند منٹ بعد ہومائے ایک وھیل چیر ڈھکیلتی کمرے میں

داخل ہوتی ہے۔ کرسی پر ایک مومی پتلا سیاہ سوٹ پہنے بیٹھا ہے۔ اس کے سفید مومی ہاتھ دونوں گھٹنوں پر رکھے ہیں جیسے پہلے زمانے میں لوگ تصویر کھنچواتے وقت رکھتے تھے۔ پتلے کی گردن پر خوبرو آنجہانی ہوشنگ سروشیار مرزا کا ڈیتھ ماسک فٹ کر دیا گیا ہے۔ مرحوم کا مرتے وقت کا استہزائیہ تبسم پلاسٹر آف پیرس میں خوف ناک انداز میں منجمد ہے)

(خانم گلچہر اسفندیاری اور آغائے داراب کاظم زادہ دہشت زدہ ہو کر چیختے ہیں: یا علی۔۔۔!)

(دونوں اٹھ کر بھاگتے ہیں۔ بائیں دروازے سے سرپٹ باہر نکل جاتے ہیں۔ رودابہ پیانو کے پردوں پر سر جھکائے جوش و خروش سے "ویڈنگ مارچ" بجا رہی ہے۔ ہومائے پتلے کے گلے میں نیپکن باندھتی ہے۔ سائیڈ بورڈ پر رکھے شمع دان میں موم بتیاں جلانے کے بعد شمع دان ڈائننگ ٹیبل کے وسط میں لا کر رکھ دیتی ہے اور بجلی کی روشنی کا سوئچ آف کرتی ہے۔)

ہومائے: (صوفے اور پیانو کی طرف سے پشت کیے پتلے کے سامنے گلاس رکھتے ہوئے) گلچہر۔ داراب ڈنر از سروڈ۔۔۔ مجھے امریکنوں کا یہ رواج بہت پسند ہے۔ موم بتیوں کی روشنی میں طعام شب۔۔۔ اس قدر رومینٹک۔۔۔

(رودابہ فوراً پیانو پر Faery waltz بجانا شروع کر دیتی ہے۔ ہومائے پُتلے کے سامنے ڈونگے چنتی ہے۔۔۔ اب رودابہ Moonlight sonata بجانے میں مصروف ہے۔ چند منٹ بعد وہ اٹھ کر میز کی سمت آتی ہے۔ دونوں بہنیں آمنے سامنے کرسیوں پر بیٹھتی ہیں۔ بیچ میں پتلا اپنی وہیل چیر پر ذرا سا ترچھا ہو گیا ہے۔ تینوں کی پرچھائیاں شمعوں کی روشنی میں دیوار پر پھیل گئی ہیں۔)

ہومائے اور رودابہ سر جھکا کر ایک ساتھ دعائے طعام پڑھتی ہیں۔ اتا بزما میدے۔۔۔ اہرمزد۔۔۔ جس نے گاؤ اناج درختوں اور آب کی تخلیق کی۔۔۔ ہر لقمے کے ساتھ خرداد ۱۲ اور مرداد ۱۳ کی برکت نازل ہو۔ اور یہ کھانا نوش (۱۴) کی مانند ہو اور عقل اور ذہانت عطا کرے۔ گنہ شکستہ صد ہزار بار۔۔۔

ہومائے: (سر اٹھا کر صوفے کی طرف مڑتی ہے) داراب۔۔۔ گلچہر۔۔۔ آؤ۔۔۔ ارے۔۔۔ یہ دونوں کہاں چلے گیے۔

رودابہ: (چونک کر) چلے گئے (رک کر) اب مجھے ان کے متعلق شبہہ ہو رہا ہے۔ آخر یہ دونوں تھے کون۔۔۔

ہومائے: نیور مائنڈ۔۔۔ کوئی پاگل لوگ تھے۔ کھانے کے لیے اتنا روکا اور اس آندھی اور طوفان میں نکل بھاگے۔۔۔ کریزی فارنرز۔

رودابہ: ہاں۔۔۔ آج کل پاگلوں کی دنیا میں کمی نہیں۔ نہ جانے کیسے کیسے خبط الحواس آجاتے ہیں ہمارا وقت ضائع کرنے۔ (اچانک خوف ناک قہقہہ لگا کر) اچانک غائب۔۔۔ بھوت تو نہیں تھے۔۔۔؟

ہومائے: کریزی فارنرز۔۔۔ پاگل۔۔۔ خیر۔۔۔ ہوشنگ ڈیر۔۔۔ یہ سوپ لو۔ (چمچے سے سوپ نکال کر ڈیتھ ماسک کے ہونٹوں تک لے جاتی ہے۔ موت کا چہرہ اپنی لرزہ خیز منجملہ مسکراہٹ کے ساتھ بھیانک زاویئے سے پلیٹ پر جھک آتا ہے۔ باہر بارش اور طوفان بڑھتا جا رہا ہے۔ بلیوں کے رونے کی آواز، بجلی کی چمک، سمندر کی گرج۔ دریچے میں سے ہوا کا جھونکا اندر آتا ہے جس کی وجہ سے موم بتیاں جھلملا کر بجھ جاتی ہیں۔ اسٹیج پر اندھیرا چھا جاتا ہے۔ اس تاریکی میں ہومائے اور رودابہ باری باری چمچوں سے ڈیتھ ماسک کے منہ پر سوپ انڈیل رہی ہیں۔

(پردہ آہستہ آہستہ گرتا ہے)

(۱) قادر (۲) علیم (۳) مالک کائنات (۴) حضرت زرتشت (۵) ایک فرشتہ (۶) اوستا، پہلوی، پوہر فرانسی، پون (۷) موسم بہار میں تیار کیا ہوا مکھن۔ (۸) ایک مددگار رہبر فرشتہ۔ (۹) شوہر (۱۰) بیوی (۱۱) ماشاءاللہ (۱۲) فرشتوں کے نام (۱۵) شہد۔

* * *

۴

اودھ کی شام

عجیب۔۔۔ بیحد عجیب۔۔۔ تو تم میرے ساتھ نہیں ناچو گی، نہیں۔ کیوں کہ تم انگریز ہو اور اعلیٰ خاندانوں کی ہندوستانی لڑکیوں کا فوجیوں اور خصوصاً امریکن اور انگریز فوجیوں کے ساتھ رقص کرنا بڑی ویسی بات ہے اور جو یہ دیوزاد سا فوجی پچھلے آدھ گھنٹہ سے برابر تمہارے ساتھ لڑھک رہا ہے وہ تو ہندوستانی ہے اور میرے چچا کا دوست ہے۔ تم ہندوستانیوں میں آپس میں بڑی محبت ہے۔ اور کیا ہئی۔۔۔ ارے جم تم تو انگریز ہو۔ فرنگی، بنئے، سفید فام، چقندر یا شلجم۔ ایک تم خوبصورت ہو تو کیا ہوا۔ تمہارے بھائی بند تو چقندروں ایسے ہوتے ہیں سارے کے سارے، بڑی بے ایمان قوم ہے تمہاری۔ اب تمہیں کان پکڑ کر ہم نکال دیں گے کہ تشریف لے جایئے آپ گھر کو روتے ہوئے۔ کیوں کہ بھئی ہم کو تو آزادی ملنے والی ہے۔ سمجھے۔

ارے یہ بال روم میں پالیٹکس کس بد مذاق نے چھیڑ دی۔ ارے جم تم اس کی کچھ مت سننا۔ یہ بڑی وہ ہے۔ مسلم لیگر بڑی سخت۔ یہ تمہیں بتائے گی کہ جناح ایشیا کا سب سے بڑا آدمی ہے۔ جم اگر ہندوستان کو سمجھنا چاہتے ہو تو میں تمہیں کتابیں دوں گی پڑھنے کو۔ ٹیگور کی گیتان جلی اور نیتا جی کی سوانح عمری۔ اس کے علاوہ رامائن اور مہابھارت بھی کافی مفید ہے۔ اس سے کرما اور نروان اور مکتی کے سب راز عیاں ہو جائیں گے۔ چودہ طبق

روشن ہو جائیں گے تم پر۔ اور بھئی جم ہم تو کسی غیر ملکی سے بات بھی کرنا روا نہیں رکھتے۔ اور کیا۔ لیکن تمہاری بات ذرا دوسری ہے۔ اسی لیے تمہیں ہم نے مدعو کیا ہے کیوں کہ تم ایک لارڈ کے لڑکے ہو اور میرے بھائی کے ساتھ آکسفرڈ میں پڑھ چکے ہو اور اس طرح کے نہیں ہو جس طرح کے تمہارے ہم وطن نظر آتے ہیں اور تم بے حد خوبصورت اور دلکش ہو۔ تمہاری سبز آنکھوں میں رومان، افسردگی، بے کسی، شرارت، سب کی ملی جلی لہریں تیرتی رہتی ہیں۔

مجھے تمہاری آنکھیں بہت پسند ہیں لیکن اس کے باوجود میں تمہارے ساتھ رقص نہیں کروں گی۔ تمہارا لہجہ بہت عمدہ ہے۔ تم پہلے انگریز ہو جو صحیح اور اچھے تلفظ کے ساتھ انگریزی بول سکنے کے علاوہ کسی ٹھوس اور سنجیدہ موضوع پر دیر تک آسانی سے گفتگو کر سکتے ہو۔ تم سگریٹ کے دھوئیں کے مرغولے اڑاتے ہوئے کورنل وائلڈ کے سے انداز میں کہتے ہو کہ ہندوستان کے دو ہفتے کے قیام میں تم جن تین چار ہندوستانی لڑکیوں سے ملے انہوں نے تم کو بہت زیادہ امپریس کیا۔ وہ بہت عمدہ ہوتی ہیں۔ ان کے دماغ میں ideas ہیں اور وہ چین کی خانہ جنگی اور کمیونزم اور انڈونیشیا کی آزادی پر لمبی لمبی ثقیل بحثیں اسی خوب صورتی کے ساتھ کرتی ہیں جس خوب صورتی کے ساتھ وہ مانی پوری اور کتھک اور رمبا کرتی ہیں۔ ان کے انداز میں لوچ اور گفتار میں شیرینی ہے۔ ان کے قہقہے جل ترنگ جیسے ہوتے ہیں اور ان کے لباس گویا مرقع چغتائی کے نقرئی اوراق کھول دیئے گئے ہوں۔ ہم نے تمہاری ان باتوں کو بہت پسند کیا۔ اس سے ظاہر ہوتا ہے کہ انگریز ہوتے ہوئے بھی تم نے بال روم میں فلور پر سب سے پہلے میرے روپہلے غرارے کو نوٹس کیا تھا۔ تو تم کو معلوم ہونا چاہیے کہ تم لکھنؤ میں ہو جہاں شامِ اودھ ہوتی ہے۔

یہ اودھ دراصل ایک بڑی رومینٹک سی سلطنت تھی۔ تاریخ کے سنہرے صفحات پلٹو تو معلوم ہوگا اور اس کے بادشاہ اوپیرا اور سنگیت سبھاؤں میں راجہ اندر اور جوگی بنا کرتے تھے۔ بڑے نالائق اور نکمّے تھے وہ لوگ۔ جبھی تو یہ جگمگاتی ہوئی پرستان جیسی سرزمین ان سے چھین لی گئی اور یہ جو بکار اور بے مصرف سے تعلقہ داران کے زمانے کی یادگار باقی رہ گئے ہیں۔ ان کی ریاستیں اور زمینیں ہماری نئی جمہوری اور نمائندہ حکومت اب بے چارے مظلوم کسانوں کو دے دے گی کیوں کہ یہ جنتا راج کا نیا زمانہ ہے۔ آیا خیالِ شریف میں تمہارے؟ اور تم نے اوما کی مرہٹی اسٹائل کی ساری کی بہت تعریف کی تھی اور کہا تھا کہ اس طرح کی ایک ساری تم اپنی بہن کے لیے ولایت لے جاؤ گے۔ تو وہ بھی کیا یاد کرے گی۔ بے چاری۔ اور تمہیں زینت کے جوڑے میں سجے ہوئے زرد اور بنفشی پھول بے حد آرٹسٹک نظر آتے تھے۔

دراصل بالوں میں پھول سجانے کا ہم لوگوں کو ایک خاص فن آتا ہے کیوں کہ ہندوستان پھولوں، خوشبوؤں اور نغموں کا ملک ہے۔ سمجھے؟ ارے کیا ہندوستان ہندوستان چلّا رہی ہو۔ ابھی گئی تھیں ملک کی واحد قومی جماعت کے خلاف الیکشن میں حصہ لینے۔ لیگ کی ایجنٹ کہیں کی۔ جم میں تم سے کہہ جو رہی ہوں کہ اس سے پولیٹکس کی باتیں نہ کرو۔ یہ تمہیں اپنے پاکستان کا مطلب بھی نہیں سمجھا سکے گی۔ آج تک نہیں سمجھا پائی اور پاکستان ہو جائے گا۔ مس حیدر! تو آپ سے ملنے کے لیے پہلے پاسپورٹ حاصل کرنا پڑے گا۔ یعنی بھئی اگر لاہور جانا ہے تو پہلے پاسپورٹ بنواتے پھرو، پھر محصول ادا کرو۔ بڑی طوالت ہوگی۔ بے وقوفی کی باتیں مت کرو۔ آنند۔ کتنے چغد ہو۔ یہ تھوڑا ہی ہوگا۔ چلو نا چیں۔ والٹز کے لیے ہال کی روشنیاں مدھم کر دی گئیں۔ پاکستان کے متعلق بعد میں طے کرتے رہیں گے۔۔۔

عجیب۔۔۔بے حد عجیب۔۔۔ کیا بات ہے جم۔ تمہاری آنکھوں میں پھر وہی جھلک لہرا اٹھی جیسے چڑیا کا ایک معصوم چھوٹا سا بچہ سخت کرب اور بے چینی میں مبتلا ہو اور بے بسی کے مارے تڑپ بھی نہ سکے۔ تم اپنی کرسی پیچھے سرکا کر ایک طرف کو کیوں جھک گئے۔ جب کہ والٹز کا ایک پیارا سا نغمہ اپنی پوری دلآویزی کے ساتھ بج رہا ہے اور مرمریں فلور پر رقصاں جوڑے ہال کے کناروں پر بکھری ہوئی میزوں اور کرسیوں کے قریب سے تیزی کے ساتھ چکّر کاٹتے ہوئے گزر رہے ہیں۔ غرارے اور ساریاں اور سائے۔ جاؤ تم بھی ناچو اور ناچتے ہوئے انسانوں کے اس متحرک اور رنگا رنگ جوار بھاٹا میں کھو کر بھول جاؤ کہ تم کہاں ہو اور کس سے باتیں کر رہے ہو۔ ہم لوگوں سے ملتے وقت تمہیں سوچنے کی عادت بالکل چھوڑ دینی چاہیے۔ جب اپنے ویلز کی شکار گاہوں کو واپس جاؤ گے اس وقت تمہیں کافی فرصت ہوگی کہ ہمارے کمینے پن، احسان فراموشی اور جنسی اور دوسری غلاظتوں کا اپنی عظمت، اپنی اعلیٰ تہذیب اور اپنی چاک کی سفید پہاڑیوں اور نیلے سمندروں کی خوب صورتی سے موازنہ کر کے ایک کتاب لکھ ڈالو۔ کہاں تک لڑے جاؤ گی بھائی! اس سے متعارف ہوئے ابھی تمہیں ایک گھنٹہ بھی نہیں ہوا اور تم لڑتے لڑتے اس کا دماغ چاٹ گئیں۔۔۔

وہ بے چارہ اپنے ہم قوموں کی پچھلی نالائقیوں پر سخت شرمندہ اور نادم اور پشیماں ہے اور اس کی سبز آنکھوں میں وہی رومان، غمگینی، بے کسی اور شرارت کی ملی جلی لہریں جھلملا رہی ہیں اور اس کے معصوم اور بہادر برطانوی دل میں صرف یہی ایک خواہش ہے کہ تم اس کے ساتھ ایک آخری والٹز کر لو کیوں کہ کل صبح ہندوستان کو آزادی ملنے والی ہے اور اسے کان سے پکڑ کر تمہارے گھر سے نکال دیا جائے گا اور رات گہری ہوتی جا رہی ہے اور آرکیسٹرا کی اسٹیج کے نیچے بھاری زرد پردوں کے سائے میں نیلگوں مرمریں فرش

پر کیبرے کی دو سفید فام لڑکیوں نے شب کا آخری ناچ شروع کر دیا ہے اور ہال کے بڑے بڑے اور چوڑے دریچوں کے باہر خوابیدہ فضاؤں میں 'گڈ نائٹ ماری' کے اداس سر لرز رہے ہیں۔

جم کی آنکھیں نیند سے جھکی جارہی ہیں۔ جم تم خواب کیوں دیکھتے ہو؟ تمہیں خواب نہیں دیکھنے چاہئیں۔ انگریز ہمیشہ جاگتا رہتا ہے۔ وہ صرف مشین گن چلانا جانتا ہے۔ تم بھی بڑے جھوٹے ہو۔ پوزیئر ہو بڑے زبردست۔ تم غلط کہتے ہو کہ تمہیں اس پر اسرار سرزمین سے عشق ہے جس میں ٹیگور کے گیت ہیں اور اودے شنکر کا ناچ ہے اور ہمالیہ کی برفانی بلندیاں اور نیلوفر سے بھی بھری ہوئی وادیاں ہیں۔۔۔ اور۔۔۔ اور جہاں کی سیاہ آنکھوں والی لڑکیاں اپنے بالوں میں زرد اور بنفشی پھول سجاتی ہیں اور روپہلے غرارے پہنتی ہیں۔ یہ سب غلط ہے، جھوٹ ہے، دھوکا ہے بہت بڑا۔ یہاں پر صرف گندگی ہے اور غربت اور بے مزگی اور زندگی کا ناگوار، ناقابلِ برداشت بوجھ۔ زندگی کا کوئی مقصد نہیں، کوئی مصرف نہیں۔ اس یک رنگی، اس بے کیفی، اس خستگی اور اکتاہٹ کے شدید احساس کو تم نہیں سمجھ سکتے۔ تم مے فیئر کے نیلگوں ایئر کنڈیشنڈ بال روم میں بیٹھ کر ہندوستان سے اظہارِ ہمدردی کرنا چاہتے ہو۔ تم گدھے ہو بہت اعلیٰ قسم کے۔ سمجھے؟

اودھ کی شام بہت کالی اور بہت خنک رات میں تبدیل ہو گئی ہے اور مے فیئر کی گیسٹ نائٹ اختتام پر ہے۔ تمہاری پلکیں خوابوں کے بوجھ سے جھکی جارہی ہیں۔ زینت کے بالوں کے زرد پھول مرجھا کر فرش پر گر چکے ہیں۔ جنہیں روندتے ہوئے ہم ابھی نیچے چلے جائیں گے، ہم سب کے سب اور یہ جگمگاتا ہوا رقص کا ایوان خالی ہو جائے گا اور اس کی تیز برقی روشنیاں ایک ایک کر کے بجھا دی جائیں گی اور آج کی رات کے بعد ہم سب تمہیں بھول جائیں گے۔ یہ سیاہ فام مدراسی کارٹونسٹ، جو ایک کونے میں خاموشی

سے اپنی کرسی پر بیٹھے بیٹھے اپنی اسکیچ بک میں تمہارے بے شمار پروفائل بنا چکا ہے، اور یہ خوب صورت اور ڈیشنگ اور مغرور ہمارے ہاں کے روزانہ انگریزی اخبار کا ایڈیٹر، اور آنند، ریڈیو کا یہ پروگرام ڈائریکٹر، جو انگریزی میں شاعری کرتے کرتے سب کو بور کر دیتا ہے اور اوما جو ایڈی لیمار کی طرح حسین ہے اور تمہیں پورن برھما کا فلسفہ سمجھانے کی کوشش میں اپنی ساری شام ضائع کر چکی ہے۔ وہ کہہ رہی ہے کہ وہ اگلی اتوار کے پانیر کے میگزین سیکشن میں تمہارے متعلق ایک کہانی لکھے گی اور زینت، جو سپرانو ہے، اور میرے بھائی کی منگیتر، وہ تمہاری یاد میں ایک گیت کمپوز کرنے والی ہے اور میں نے بھی تم سے وعدہ کیا ہے کہ میں تمہاری ایک تصویر بناؤں گی اور اس میں تمہاری آنکھوں کے لیے آسمان کی نیلاہٹ اور کشمیر کی گل پوش جھیلوں کی سبزی اور چاند کی بھیگی بھیگی کرنوں کی جھلملاہٹ کے رنگ استعمال کروں گی اور آنند اپنی انگریزی نظموں کا جو مجموعہ لندن سے شائع کروا رہا ہے اس میں تمہارے اوپر بھی چند شعر شامل کرے گا۔ لیکن واقعہ یہ ہے کہ کل صبح کے بعد جب کہ تم ہندوستان سے جا چکے ہوگے تم اس آسانی اور اطمینان کے ساتھ فراموش کر دیئے جاؤ گے۔ جس آسانی اور اطمینان سے زندگی کی اور بہت سی چھوٹی چھوٹی باتیں اور واقعات بھلا دیئے جاتے ہیں۔

در اصل یہ سب بے کار کی باتیں ہیں۔ تم نے ہماری تصویروں کی تعریف کی، ہمارے رقص دیکھے، ہماری موسیقی کو پرکھا لیکن یقین جانوں کہ ہماری تصویریں، ہمارے افسانے اور ہمارے ناچ کوئی معنی نہیں رکھتے۔ جب زندگی کا کوئی مقصد نہیں ہے تو ان چیزوں کا کیا ہو سکتا ہے۔ کوئی End ہی نہیں۔ تو Means کی بہتری یا افادیت میں سر کھپانے کی کیا ضرورت ہے۔ تمہارے میٹر آف فیکٹ برطانوی دماغ کے لیے ذرا انوکھی

باتیں ہیں نا؟ ہم سب تمہارے لیے بہت انوکھے ہیں، اوما اور زینت اور میں۔۔۔ سارے کے سارے۔ ہمارا فلسفہ بھی انوکھا ہے جسے ہم Confucianism کا فلسفہ کہتے ہیں۔ جو بہترین ہے اور انتہائی مفید۔ زندگی جس طرح بھی سامنے آئے اسے اپنالو۔ نرالا فلسفہ ہے نا۔ ہر نرالی چیز ہی تو دلچسپ ہوتی ہے ورنہ تم اس وقت یہاں نہ ہوتے۔

یہ انسانیت کی لڑائی بے حد انوکھی تھی جس کی وجہ سے تم ویلش قلعے اور اپنی پہاڑی شکار گاہوں اور اپنا لارڈ باپ کو کشنوں پر سر ٹیکے لیبر گورنمنٹ کے بجٹ پر نکتہ چینی کرنے کے لیے چھوڑ کر اس وقت یہاں مے فیئر بال روم میں بیٹھے ویدانت کے فلسفے اور پاکستان کے جواز سے الجھنے کی کوشش میں مصروف ہو۔ یہ زندگی اور یہ شامیں بالکل نرالی ہیں جن میں آنے والے قحط اور مسٹر ہوور کے اپنے اپنے اندیشے ظاہر کرنے کے بعد اپنی میزوں پر سے اٹھ اٹھ کر رقص میں گھومتے گھومتے متواتر پانچ چھ گھنٹے گزر جاتے ہیں اور ہم بالکل نہیں تھکتے۔

اوما انتہائی انوکھی لڑکی ہے کہ اعتقاداً سخت ہندو ہونے کے باوجود ایک مسلمان سے شادی کر کے غرارہ پہن کر سلام علیکم کہتی ہے اور میں شاید اس سے بھی زیادہ انوکھی ہوں کہ مسلمان ہوتے ہوئے بھی جے ہند اور نمسکار کر لیتی ہوں جب کہ تمہیں بتایا گیا ہے کہ ہم لوگ بازاروں میں ایک دوسرے کے گلے کاٹ ڈالتے ہیں۔

'گوڈ سیو دی کنگ' بجنا شروع ہو گیا ہے۔ جم فوراً کھڑے ہو جاؤ۔ تم میرے ساتھ ان باتوں میں اس قدر محو ہو گئے کہ تمہیں اس کا بھی خیال نہیں رہا۔ ہم لوگ نیچے جا رہے ہیں۔ اپنے نیشنل اینتھم کے بعد نیچے آ کر پورٹیکو میں ہم سے رخصت ہو لینا کیوں کہ رات بھیگی جا رہی ہے اور سفیدے کے درختوں کے پیچھے سے ابھی چاند طلوع نہیں ہوا ہے

اور تمہیں معلوم ہونا چاہیے جم کہ اندھیری راتوں میں ہم لڑکیوں کو خواہ مخواہ ڈر لگا کرتا ہے۔

رات خاموش ہے اور ہماری کار تیزی سے مے فیئر کے پورٹیکو کی نیلگوں اور خنک دھندلی روشنیوں کو پیچھے چھوڑتی آرہی ہے۔ دور لامارٹیز کالج کی پر شکوہ فرانسیسی عمارتوں کا سیاہ عکس ان کی سیڑھیوں کے نیچے سوتی ہوئی جھیل پر لرز رہا ہے۔ چپ چاپ اور بے حس! اور سکندر باغ، دلکشا اور بنارسی باغ کے وسیع سبز مخملیں میدان، اور سفیدے کے جنگل، مدھم چاندنی کے سنّاٹے میں سائیں سائیں کر رہے ہیں اور گومتی کے شاندار موتی محل برج کے کنارے دریا پر جھکی ہوئی سرخ پتھر کی ایک شہ نشین پر آسمان کے مقابلے میں سلہٹ سا نظر آرہا ہے اور اس کے سامنے چھتر منزل خاموشی اور غرور سے آدھی رات کے آسمان کی طرف اپنی طلائی چھتری بلند کیے اپنی رقص گاہ کی روشنیاں اپنے قدموں میں بہتی ہوئی گومتی کی سطح پر پھینک رہی ہے۔ یہ اودھ کی رات کا نقشہ ہے اور جم تم چند گھنٹوں بعد ان راتوں سے ہمیشہ کے لیے دور ہو جاؤ گے اور تمہارا ڈیکوٹا طیارہ گومتی اور سرجو اور گنگا کی روپہلی لکیروں کے اوپر سے گزرتا، انہیں نیچے چھوڑتا ہوا دور مغربی سمندروں کے اونچے بادلوں میں کھو جائے گا۔

آدھی رات کا پرند پھر چلّا اٹھا ہے۔ چاروں طرف دور دور تک پھیلی ہوئی خوابیدہ کائنات پر پرستان کا سحر چھا رہا ہے۔ دریچے کے باہر، شریفے کے درختوں کی دوسری جانب سڑک کے کنارے وہ پرانا شاہی پھاٹک خاموشی سے ایستادہ ہے اور اس کی اوپر کی منزلوں اور شہ نشینوں میں مدھم روشنیاں جھلملا رہی ہیں۔ دور چوکی دار باغ کی رکھوالی کرتے کرتے چلّا اُٹھتا ہے۔ ہَو ہَو ہَو۔۔۔ لا لا لا۔۔۔ اور اس کے برہا کی آواز بازگشت دیر

تک گومتی کی روپہلی ریتوں پر گونجتی رہتی ہے اور ایریل کے بانس پر بیٹھے ہوئے چنڈول کی تیز آواز رات کے سنّاٹے کو کاٹتی ہوئی اندھیرے کی وسعتوں میں پھیلتی جارہی ہے۔ چنڈول ذات کے لحاظ سے الّو کے چھوٹے بھائی کی ایک قسم ہے۔ جم بھی الّو کا چھوٹا بھائی ہے۔ اور مجھے یاد ہے کہ اس نے سیڑھیوں کے پاس کھڑے ہو کر 'خدا حافظ کہتے وقت 'کار کا دروازہ بند کرنے سے پہلے، جھک کر میرے غرارے کے پائنچے سمیٹ کر اندر را اٹھانے میں میری مدد کرتے ہوئے، جو فٹ بورڈ پر گرے جارہے تھے، اگلی سیٹ پر مسز رحمن کو سگریٹ کا دھواں اڑاتے دیکھ کر مجھ سے چپکے سے کہا تھا کہ اسے عورتوں کا سگریٹ پینا بالکل پسند نہیں اور وہ اپنی بہنوں کو بھی سگریٹ نہیں پینے دیتا کیوں کہ وہ امریکن نہیں انگریز ہے اور انگریز بہت قدامت پرست ہوتے ہیں۔۔۔

اور رات کے دو بجنے والے ہیں اور فرش پر برقی چولھے کے قریب کافی کی پیالیاں بے ترتیبی اور اکتاہٹ کے انداز میں منتشر ہیں۔ ابھی بہت پڑھنا ہے کیوں کہ امتحان میں ایک ہفتہ رہ گیا ہے۔ کیا کریں گے اتنا پڑھ کر جانے۔ پرانے زمانے کے بادشاہوں کا وہ پھاٹک اندھیرے میں زیادہ بلند، زیادہ ہیبت ناک اور زیادہ خوب صورت نظر آرہا ہے جس کی خوب صورتی اور عظمت سے دل میں ایک ناقابلِ بیان خوف سا محسوس ہوتا ہے اور جس کی عظیم الشان محرابوں کے نیچے سے دن بھر یو۔ ٹی۔ سی۔ کے جیپ اور لائبریری کو جانے یا وہاں سے واپس آنے والی لڑکیوں کے گروہ گزرتے رہتے ہیں اور میں پڑھنے کے بجائے تصویریں بنا رہی ہوں اور زینت کہتی ہے کہ تم تصویریں کیوں بناتی ہو۔ مت بنایا کرو تصویریں، بلکہ کوئی اور مفید کام شروع کردو۔ مثلاً باورچی خانے کے باغ میں گوبھی کی کیاریاں تیار کرو تاکہ زیادہ غذا پیدا کی جاسکے اور گورنمنٹ ہاؤس کی ٹی پارٹیوں میں گورنر

صاحب کی میم صاحب ہم لوگوں کی زیادہ تعریف کیا کریں اور زینت اکنومکس کی موٹی موٹی کتابوں کو قالین پر پھینک کر اپنی پیانو کی کاپی کے ورق الٹتے ہوئے سلام کا کوئی شعر گنگنا رہی ہے،

میں اگر زندہ ہوں پھر شامِ اودھ آئے گی، یا جانے کیا۔

واقعہ یہ ہے کہ ہم سب چغد ہیں۔

***

۵

نظارہ درمیاں ہے

تارابائی کی آنکھیں تاروں کی ایسی روشن ہیں اور وہ گرد وپیش کی ہر چیز کو حیرت سے تکتی ہے۔ دراصل تارابائی کے چہرے پر آنکھیں ہی آنکھیں ہیں۔ وہ قحط کی سوکھی ماری لڑکی ہے۔ جسے بیگم الماس خورشید عالم کے ہاں کام کرتے ہوئے صرف چند ماہ ہوئے ہیں۔ اور وہ اپنی مالکن کے شاندار فلیٹ کے ساز وسامان کو آنکھیں پھاڑ پھاڑ دیکھتی رہتی ہے کہ ایسا عیش وعشرت اسے پہلے کبھی خواب میں بھی نظر نہ آیا تھا۔ وہ گورکھپور کے ایک گاؤں کی بال ودھوا ہے۔ جس کے سسر اور ماں باپ کے مرنے کے بعد اس کے ماما نے جو ممبئی میں دودھ والا بھیا ہے اسے یہاں بلا بھیجا تھا۔

الماس بیگم کے بیاہ کو ابھی تین چار مہینے ہی گزرے ہیں۔ ان کی منگلورین آیا جو ان کے ساتھ میکے سے آئی تھی 'ملک' چلی گئی، تو ان کی بے حد منتظم خالہ بیگم عثمانی نے جو ایک نامور سوشل ورکر ہیں ایمپلائمنٹ ایکس چینج فون کیا اور تارا بائی پٹ پٹ بیجنے کی طرح آنکھیں جھپکاتی کمبالاہل کے 'اسکائی اسکریپر' گل نسترن کی دسویں منزل پر آن پہنچیں۔ الماس بیگم نے ان کو ہر طرح قابل اطمینان پایا، مگر جب دوسرے ملازموں نے انہیں تارابائی کہہ کر پکارا تو وہ بہت بگڑیں، "ہم کوئی پتریا ہوں ؟" انھوں نے احتجاج کیا۔ مگر اب ان کو تارادئی کے بجائے تارابائی کہلانے کی عادت ہوگئی ہے۔ اور وہ چپ چاپ کام میں

مصروف رہتی ہیں۔ اور بیگم صاحب اور ان کے صاحب کو آنکھیں جھپکا جھپکا کر دیکھا کرتی ہیں۔

الماس بیگم کا اگر بس چلے تو وہ اپنے طرحدار شوہر کو ایک لمحے کے لیے اپنی نظروں سے اوجھل نہ ہونے دیں اور وہ جوان جہان آیا کو ملازم رکھنے کی ہرگز قائل نہیں۔ مگر تارا بائی جیسی بے جان اور سگھڑ خادمہ کو دیکھ کر انھوں نے اپنی تجربہ کار خالہ کے انتخاب پر اعتراض نہیں کیا۔

تارا بائی صبح کو بیڈ روم میں چائے لاتی ہے۔ بڑی عقیدت سے صاحب کے جوتوں پر پالش اور کپڑوں پر استری کرتی ہے، ان کے شیو کا پانی لگاتی ہے، جھاڑو پوچھا کرتے وقت وہ بڑی حیرت سے ان خوبصورت چیزوں پر ہاتھ پھیرتی ہے، جو صاحب اپنے ساتھ پیرس سے لائے ہیں، ان کا وائلن وارڈ روب کے اوپر رکھا ہے، جب پہلی بار تارا بائی نے بیڈ روم کی صفائی کی تو وائلن پر بڑی دیر تک ہاتھ پھیرا، مگر پرسوں صبح حسب معمول جب وہ بڑی نفاست سے وائلن صاف کر رہی تھی تو نرم مزاج اور شریف صاحب اسی وقت کمرے میں آگئے اور اس پر برس پڑے کہ وائلن کو ہاتھ کیوں لگایا اور تارا بائی کے ہاتھ سے چھین کر اسے الماری کے اوپر پٹخ دیا، تارا بائی سہم گئی اور اس کی آنکھوں میں آنسو آگئے اور صاحب ذرا شرمندہ سے ہو کر باہر برآمدے میں چلے گئے، جہاں بیگم صاحبہ چائے پی رہی تھی۔ ویسے بیگم صاحبہ کی صبح ہئیر ڈریسر اور بیوٹی سیلون میں گزرتی ہے۔ مینی کیور، پیڈی کیور، مساج کیور، فیشل، سونا باتھ۔۔۔ ایک سے ایک بڑھیا ساڑھیاں، درجنوں رنگ برنگے سینٹس، اور عطر کے ڈبے اور گہنے ان کی الماریوں میں پڑے ہیں۔ مگر تارا بائی سوچتی ہے، بھگوان نے میم صاحب کو دولت بھی، اجت بھی اور ایسا سندر پتی دیا، بس شکل دینے میں کنجوسی کر گئے۔

سنا ہے کہ صاحب اپنی خوبصورتی کی وجہ سے میم صاحبوں کی سوسائٹی میں بے حد مقبول تھے، مگر بیاہ کے بعد سے بیگم صاحبہ نے ان پر بہت سے پابندیاں لگا دی ہیں، دفتر جاتے ہیں تو دن میں کئی بار فون کرتی ہیں، شام کو کسی کام سے باہر جائیں تو بیگم صاحبہ کو پتہ رہتا ہے، کہ کہاں گئے ہیں اور ان جگہوں پر فون کرتی ہیں، شام کو سیر و تفریح اور ملنے ملانے کیلئے دونوں باہر جاتے ہیں، تب بھی بیگم صاحب بڑی کڑی نگرانی رکھتی ہیں مجال ہے جو کسی دوسری لڑکی پر نظر ڈالیں۔

صاحب نے یہ سارے قاعدے قانون ہنسی خوشی قبول کر لئے ہیں۔ کیونکہ بیگم صاحبہ بہت امیر اور صاحب کی نوکری بھی ان کے دولت مند سسر نے دلوائی ہے۔ ورنہ بیاہ سے پہلے صاحب بہت غریب تھے۔ اسکالرشپ پر انجنیئرنگ پڑھنے فرانس گئے تھے۔ واپس آئے تو روزگار نہیں ملا، پریشان حال گھوم رہے تھے۔ جب ہی بیگم صاحبہ کے گھر والوں نے انہیں پھانس لیا۔

بڑے لوگوں کی دنیا کے عجیب قصے تارا بائی فلیٹ کے مستری، باورچی، حمال اور دوسرے نوکروں سے سنتی ہے اور اس کی آنکھیں اچنبھے سے کھلی رہتی ہیں۔

خورشید عالم بڑے اچھے اور وائلن نواز آدمی تھے۔ مگر جب سے بیاہ ہوا تو بیوی کی محبت میں ایسے کھوئے کہ وائلن کو ہاتھ نہیں لگایا، کیونکہ الماس بیگم کو اس ساز سے دلی نفرت تھی، خورشید عالم بیوی کے بے حد احسان مند ہیں کیونکہ اس شادی سے ان کی زندگی بدل گئی، اور احسان مندی ایسی شے ہے کہ انسان سنگیت کی قربانی بھی دے سکتا ہے۔ خورشید عالم شہر کی ایک خستہ عمارت میں پڑے تھے اور بسوں میں مارے مارے پھرتے تھے اب لکھ پتی کی حیثیت سے کمبالاہل میں فروکش ہیں۔ مرد کیلئے اس کا اقتصادی تحفظ غالباً سب سے بڑی چیز ہے۔

خورشید عالم اب وائلن کبھی نہیں بجائیں گے۔

یہ صرف ڈیڑھ سال پہلے کا ذکر ہے، کہ الماس اپنے ملک التجار باپ کی عالی شان کوٹھی میں مالابار بل پر رہتی تھی۔ وہ سوشل ورک کر رہی تھی، اور عمر زیادہ ہو جانے کے کارن شادی کی امید سے دست بردار ہو چکی تھی۔ جب ایک دعوت میں ان کی ملاقات خورشید عالم سے ہوئی اور ان کی جہاں دیدہ خالہ بیگم عثمانی نے ممکنات بھانپ کر اپنے جاسوسوں کے ذریعہ معلومات فراہم کیں۔ لڑکا یوپی کا ہے، یورپ سے لوٹ کر تلاش معاش میں سرگرداں ہے مگر شادی پر تیار نہیں کیونکہ فرانس میں ایک لڑکی چھوڑ آیا ہے اور اس کی آمد کا منتظر ہے۔ بیگم عثمانی فوراً اپنی مہم پر جٹ گئیں۔ الماس کے والد نے اپنی ایک فرم میں خورشید عالم کو پندرہ سو روپے ماہوار پر ملازم رکھ لیا، الماس کی والدہ نے انہیں اپنے ہاں مدعو کیا اور الماس سے ملاقاتیں خود بخود شروع ہو گئیں، مگر پھر بھی لڑکے نے لڑکی کے سلسلے میں کسی گرم جوشی کا اظہار نہیں کیا۔ دفتر سے لوٹ کر انہیں بیشتر وقت الماس کے ہاں گزارنا پڑتا اور اس لڑکی کی سطحی گفتگو سے اکتا کر اس پر فضا بالکنی میں جاکر کھڑے ہوتے جس کا رخ سمندر کی طرف تھا، پھر وہ سوچتے ایک دن اس کا جہاز آکر اس ساحل پر لگے گا، اور وہ اس میں سے اترے گی، اسے ہمراہ ہی آجانا چاہیئے تھا مگر پیرس میں کالج میں اس کا کام ختم نہیں ہوا تھا۔ اس کا جہاز ساحل سے آگے نکل گیا، وہ بالکنی کے جنگلے پر جھکے افق کو تکتے رہتے۔ الماس اندر سے نکل کر شگفتگی سے ان کے کندھے پر ہاتھ رکھ کر پوچھتی، "کیا سوچ رہے ہیں۔" وہ ذرا جھینپ کر مسکرا دیتے۔

رات کے کھانے پر الماس کے والد کے ساتھ ملکی سیاست سے وابستہ ہائی فنانس پر تبادلۂ خیالات کرنے کے بعد وہ تھکے ہارے اپنی جائے قیام پر پہنچتے اور وائلن نکال کر دھنیں بجانے لگتے، جو اس کی سنگت میں پیرس میں بجایا کرتے تھے۔ وہ دونوں ہر تیسرے

دن ایک دوسرے کو خط لکھتے تھے، اور پچھلے خط میں انہوں نے اسے اطلاع دی تھی انہیں بمبئی ہی میں بڑی عمدہ ملازمت مل گئی ہے، ملازمت کے ساتھ جو خوفناک شاخسانے بھی تھے اس کا ذکر انہوں نے خط میں نہیں کیا تھا۔

ایک برس گزر گیا مگر انہوں نے الماس سے شادی کا کوئی ارادہ ظاہر نہیں کیا، آخر عثمانی بیگم نے طے کیا کہ خود ہی ان سے صاف صاف بات کر لینا چاہیئے، عین مناسب ہو گا۔ مگر تب ہی پرتاب گڑھ سے تار آیا کہ خورشید عالم کے والد سخت بیمار ہیں اور وہ چھٹی لے کر وطن واپس روانہ ہو گئے۔

ان کو پرتاب گڑھ گئے چند روز ہی گزرے تھے کہ الماس جو ان کی طرف سے نا امید ہو چکی تھی۔ ایک شام اپنی سہیلیوں کے ساتھ ایک جرمن پیانسٹ کا کنسرٹ سننے تاج محل میں گئی۔ کرسٹل روم میں حسب معمول بوڑھے پارسیوں اور پاسنوں کا مجمع تھا، اور ایک حسین آنکھوں والی پارسی لڑکی کنسرٹ کا پروگرام بانٹی پھر رہی تھی۔ ایک شناسا خاتون نے الماس کا تعارف اس لڑکی سے کرایا، "پیروجا دستور" اور خود آگے چلی گئیں۔

الماس نے حسب عادت بڑی ناقدانہ اور تیکھی نظروں سے اس اجنبی لڑکی کا جائزہ لیا۔ لڑکی بے حد حسین تھی۔ "آپ کا نام کیا بتایا مسز رستم جی نے؟" الماس نے ذرا مشتاقانہ انداز میں سوال کیا۔ "پیروجا دستور" لڑکی نے سادگی سے جواب دیا۔ "میں نے آپ کو پہلے کسی کنسرٹ وغیرہ میں نہیں دیکھا۔"

"میں سات برس بعد پچھلے ہفتے ہی پیرس سے آئی ہوں۔"

"سات برس پیرس میں! تب تو آپ فرنچ خوب فرفر بول لیتی ہوں گی؟" الماس نے ذرا ناگواری سے کہا۔ "جی ہاں۔۔۔" پیروجا ہنسنے لگی۔

اب خاص خاص مہمان جرمن پیانسٹ کے ہمراہ لاؤنج کی سمت بڑھ رہے تھے۔

پیروجا، الماس سے معذرت چاہ کر ایک انگریز خاتون سے اس پیانسٹ کی موسیقی پر بے حد ٹیکنیکل قسم کا تبصرہ کرنے میں منہمک ہو گئی، لیکن لاؤنج میں پہنچ کر الماس پھر اس لڑکی سے ٹکرا گئی۔ کمرے میں چائے کی گھما گھمی شروع ہو چکی تھی۔

"آیئے یہاں بیٹھ جائیں" پیروجا نے مسکرا کر الماس سے کہا۔ وہ دونوں دریچے سے لگی ہوئی ایک میز پر آمنے سامنے بیٹھ گئیں۔ "آپ تو ویسٹرن میوزک کی ایکسپرٹ معلوم ہوتی ہیں۔" الماس نے ذرا رکھائی سے بات شروع کی، کیونکہ وہ خوب صورت اور کم عمر لڑکیوں کو ہرگز برداشت نہ کر سکتی تھی۔ "جی ہاں میں پیرس میں پیانو کی اعلیٰ تعلیم کیلئے گئی تھی۔"

الماس کے ذہن میں کہیں دور خطرے کی گھنٹی بجی اس نے باہر سمندر کی شفاف اور بے حد نیلی سطح پر نظر ڈال کر بڑے اخلاق اور بے تکلفی سے کہا، "ہاؤ انٹرسٹنگ، پیانو تو ہمارے پاس بھی موجود ہے کسی روز آ کر کچھ سناؤ۔"

"ضرور۔۔۔" پیروجا نے مسرت سے جواب دیا۔

"سنیچر کے روز کیا پروگرام ہے تمہارا؟ میں اپنے ہاں ایک ہین پارٹی کر رہی ہوں، سہیلیاں تم سے مل کر بہت خوش ہوں گی۔"

"آئی وڈ لو ٹو کم۔۔۔ تھینک یو؟"

"تم رہتی کہاں ہو پیروجا؟"

پیروجا نے تار دیو کی ایک گلی کا پتہ بتایا، الماس نے ذرا اطمینان کی سانس لی، تار دیو مفلوک الحال پارسیوں کا محلہ ہے۔

"میں اپنے چچا کے ساتھ رہتی ہوں۔ میرے والدین کا انتقال ہو چکا ہے۔ میرے کوئی بھائی بہن بھی نہیں، مجھے چچا چچی نے پالا ہے، وہ لاولد ہیں۔ چچا ایک بینک میں کلرک

ہیں۔" پیروجا سادگی سے کہتی رہی۔ پھر ادھر ادھر کی چند باتوں کے بعد سمندر کی پر سکون سطح دیکھتے ہوئے اس نے اچانک کہا۔ "کیسی عجیب بات ہے۔ پچھلے ہفتہ جب میرا جہاز اس ساحل کی طرف بڑھ رہا تھا تو میں سوچ رہی تھی کہ اتنے عرصے کے بعد اجنبیوں کی طرح بمبئی واپس پہنچ رہی ہوں، یہ بڑا کٹھور شہر ہے تم کو معلوم ہی ہو گا الماس۔۔۔؟ مخلص دوست یہاں بہت مشکل سے ملتے ہیں۔ مگر میری خوشی دیکھو آج تم سے ملاقات ہو گئی۔"

الماس نے دردمندی کے ساتھ سر ہلا دیا، لاؤنج میں باتوں کی دھیمی دھیمی بھنبھناہٹ جاتی تھی، چند لمحوں کے بعد اس نے پوچھا، "تم پیرس کیسے گئیں؟"

"مجھے اسکالر شپ مل گیا تھا، وہاں پیانو کی ڈگری کی بعد چند سال تک میوزک کالج میں ریسرچ کرتی رہی، میں وہاں بہت خوش تھی مگر یہاں میرے چچا بالکل اکیلے تھے۔ وہ دونوں بہت بوڑھے ہو چکے ہیں۔ چچی بیچاری تو ضعیف العمری کی وجہ بالکل بہری بھی ہو گئیں ہیں ان کی خاطر وطن واپس آئی اور اس کے علاوہ۔۔۔"

"ہلو الماس تم یہاں بیٹھی ہوں۔ چلو جلدی، مسز ملگاؤں تم کو بلا رہی ہیں" ایک خاتون نے میز کے پاس آ کر کہا۔ پیروجا کی بات ادھوری رہ گئی۔ "سنیچر کو صبح گیارہ بجے کار بھیج دے گی"، الماس نے کہا اور معذرت چاہ کر میز سے اٹھ کر مہمانوں کے مجمع میں کھو گئی۔

سنیچر کے روز پیروجا، الماس کے گھر پہنچی، جہاں مرغیوں کی پارٹی اپنے عروج پر تھی۔ بیٹلز کے ریکارڈ بج رہے تھے۔ چند لڑکیاں جنھوں نے چند روز پہلے ایک فیشن شو میں حصہ لیا تھا، زور شور سے اس پر تبصرہ کر رہی تھیں۔ یہ سب لڑکیاں جن کی ماتر بھاشائیں اردو، ہندی، گجراتی اور مراٹھی تھیں۔ انگریزی اور صرف انگریزی بول رہی تھیں۔ اور انہوں نے بے حد چست پتلونیں پہن رکھی تھیں۔ پیروجا کو ایک لمحے کیلئے محسوس ہوا کہ وہ ابھی ہندوستان واپس نہیں آئی ہے۔ برسوں یورپ میں رہ کر اسے معلوم

ہو چکا تھا کہ اجنتا کی زندہ تصویروں کے بجائے ان مغربیت زدہ ہندوستانی خواتین کو دیکھ کر اہل یورپ کو سخت افسوس اور مایوسی ہوتی ہے۔ چنانچہ پیروجا پیرس اور روم میں اپنی ٹھیٹ ہندوستانی وضع قطع پر بڑی نازاں رہتی تھی، بمبئی کی ان نقلی امریکن لڑکیوں سے اکتا کر وہ بالکنی میں جا کھڑی ہوئی جس کے سامنے سمندر تھا اور پہلو میں برج خموشاں کا جنگل نظر آ رہا تھا۔ وہ چونک اٹھی، گھنے جنگل کے اوپر کھلی فضاؤں میں چند گدھ اور کوے منڈلا رہے تھے، اور چاروں طرف بڑا اڈراؤنا سناٹا طاری تھا۔ وہ گھبرا کر واپس نیچے اتری اور زندگی سے گونجتے ہوئے کمرے میں آ کر صوفے پر ٹک گئی۔

کمرے کے ایک کونے میں غالباً بطور آرائش گرینڈ پیانو رکھا ہوا تھا، لڑکیاں اب ریڈیو گرام پر ہیری بیلافونٹ کا پرانا کلسپو، جمیکا فیئر ویل بجا رہی تھیں۔ مغنی کی دلکش آواز، گٹار کی جان لیوا گونج ساتھ ساتھ کمرے میں پھیلنے لگی۔

Down the way where the nights are gay
and the sun shines daily in the mountain top
I took a trip on a sailing ship
and when I reached Jamaica I made a stop
But I am sad to say
I m on my way
And won't be back for many a day
My heart is down
My head is turning around
I had to leave a little girl in Kingstone town

الماس چپ چاپ جا کر بالکنی میں کھڑی ہو گئی۔ ریکارڈ ختم ہوا تو اس نے پیروجا سے کہا، "ہم لوگ سخت بد مذاق ہیں ایک ماہر پیانسٹ یہاں بیٹھی ہے اور ہم ریکارڈ بجا رہے ہیں--- چلو بھائی--- اٹھو---" پیروجا مسکراتی ہوئی پیانو کے اسٹول پر بیٹھ گئی۔

"کیا سناؤں، میں تو صرف کلاسیکی میوزک ہی بجاتی ہوں۔"

"ہائے--- پوپ--- نہیں؟" لڑکیوں نے غل مچایا--- "اچھا کوئی انڈین فلم سانگ ہی بجاؤ---"

"فلم سانگ بھی مجھے نہیں آتے--- مگر ایک غزل یاد ہے--- جو مجھے--- جو مجھے---" وہ جھینپ کر ٹھنک گئی---

"غزل؟ اوہ آئی لو پوئیٹری" ایک مسلمان لڑکی جس کے والدین اہل زبان تھے بڑے سرپرستانہ انداز میں کہا۔

پیروجا نے پردوں پر انگلیاں پھیریں اور ایک انجانی مسرور پھریری سی آئی، پھر اس نے آہستہ آہستہ ایک دل کش دھن بجانا شروع کیا۔ "گاؤ بھی ساتھ ساتھ" لڑکیاں چلائیں۔ "بھئی میں گا نہیں سکتی، میرا اردو تلفظ بہت خوفناک ہے۔"

"اچھا اس کے الفاظ بتا دو--- ہم لوگ گائیں گے۔"

"وہ کچھ اس طرح ہے---" پیروجا نے کہا،

"تو سامنے ہے اپنے بتلا کہ تو کہاں ہے
کس طرح تجھ کو دیکھوں نظارہ درمیاں ہے"

چند لڑکیوں نے ساتھ ساتھ گانا شروع کیا--- "نظّارہ درمیاں ہے--- نظّارہ درمیاں ہے۔"

غزل ختم ہوئی تالیاں بجیں۔

"اب کوئی ویسٹرن چیز بجاؤ۔۔۔" ایک لڑکی نے فرمائش کی۔۔۔ "شوپاں کی میڈنز فینسی بجاؤں؟ یہ نغمہ میں اور میرا منگیتر ہمیشہ اکھٹے بجاتے تھے۔ پیرس میں وہ وائلن پر میری سنگت کرتے تھے۔"

"تمہارے منگیتر بھی میوزیشن ہیں؟" ایک لڑکی نے پوچھا۔ "پروفیشنل نہیں شوقیہ" پیروجانے نے جواب دیا اور نغمہ بجانے میں محو ہو گئی۔

اگلے ہفتوں میں الماس نے پیروجا سے بڑی گہری دوستی گانٹھ لی۔ اس دوران میں پیروجانے ایک کانونٹ کالج میں پیانو سکھانے کی نوکری مل گئی، جو تعطیلات کے بعد کھلنے والا تھا۔ ہفتے میں تین بار ایک امریکن کی دس سالہ لڑکی کو پیانو سکھانے کا ٹیوشن بھی اسے مل گیا تھا۔ امریکن کی بیوی کا حال ہی میں انتقال ہوا تھا اور وہ اپنا غم بھلانے کیلئے اپنے بچوں کے ہمراہ بغرض سیاحت ہندوستان آیا ہوا تھا۔ اور جوہو میں سن اور سینڈ میں مقیم تھا۔ تاردیو سے جوہو تک کا سفر خاصا طویل تھا، مگر امریکن پیروجا کو اچھی تنخواہ دینے والا تھا، اور بڑی شفقت سے پیش آتا تھا۔ پیروجا اپنی زندگی سے فی الحال بہت خوش تھی، چند روز بعد وہ اپنے وطن سے آنے والا تھا۔ پیروجانے اسے بمبئی آتے ہی ملازمت اور ٹیوشن ملنے کی اطلاع نہیں دی تھی، کہ وہ اسے ایک اچانک سرپرائز دینا چاہتی تھی۔

ایک روز الماس کے ساتھ اس کی کوٹھی کے باغ میں ٹہل رہی تھی کہ فوارے پر پہنچ کر الماس نے اس سے دفعتاً سوال کیا۔ "تم نے وہ غزل کہاں سے سیکھی تھی؟"

"اوہ۔۔۔وہ۔۔۔؟ پیرس میں۔۔۔"

"پیرس! ہاؤ انٹرسٹنگ! کس نے سکھائی؟"

"میرے منگیتر نے۔۔۔"

"اوہ پیروجا، تم نے مجھ کو بتایا بھی نہیں اب تک۔۔۔"

"تمہاری ہی کمیونٹی کے ہیں وہ۔۔۔"

"اوہ۔۔۔ واقعی۔۔۔" الماس فوارے کی مینڈ پر بیٹھ گئی۔

"میرے باپ دادا دستو تھے۔ مگر میرے چچا بہت روشن خیال ہیں انہوں نے اجازت دے دی ہے۔"

"کیا نام ہے صاحب زادے کا؟"

یہ ناموں کا بھی عجیب قصہ تھا۔ خورشید عالم اس کی نرگسی آنکھوں پر عاشق ہوئے تھے۔ جب پیرس کے ہندوستانی سفارت خانے کی ایک تقریب میں پہلی ملاقات ہوئی اور کسی نے اس کا تعارف پیروجا کہہ کر ان سے کرایا تو انہوں نے شرارت سے کہا تھا، "لیکن آپ کا نام نرگس ہونا چاہیے تھا۔"

"اوہ۔۔۔ نرگیسِ ؟ نرگیسِ تو میری آنٹی کا نام ہے۔"

"لاحول ولا قوۃ۔۔۔" خورشید عالم نے ایسی بے تکلفی سے کہا تھا جیسے اسے ہمیشہ سے جانتے ہوں۔۔۔ "نرگیسِ، کھورشیٹ، پیروجا۔ آپ لوگوں نے حسین ایرانی ناموں کی ریڑھ ماری ہے۔ میں آپ کو فیروزہ پکاروں تو کوئی اعتراض ہے؟"

"ہرگز نہیں۔" پیروجا نے ہنس کر جواب دیا تھا۔۔۔ اور پھر ایک بار خورشید عالم نے دریا کنارے ٹہلتے ہوئے اس سے کہا تھا۔ "یہ تمہاری بہادر آنکھیں، ہفت زبان آنکھیں۔۔۔ جگنو ایسی، شہاب ثاقب ایسی، ہیرے جواہرات ایسی، روشن دھوپ اور جھلملاتی بارش ایسی آنکھیں۔۔۔ نرگس کے پھول جو تمہارے آنکھوں میں تبدیل ہو گئے۔"

"میں نے پوچھا کیا نام ہے ان صاحب کا؟" الماس کی تیکھی آواز پر وہ چونکی۔

"کھورشیٹ عالم" پیروجا نے جواب دیا۔ چند لمحوں کے سکوت کے بعد اس نے گھبرا

کر نظریں اٹھائیں، سیاہ ساری میں ملبوس، کمر پر ہاتھ رکھے سیاہ اونٹ کی طرح اس کے سامنے کھڑی الماس اس سے کہہ رہی تھی۔ "کیسا عجیب اتفاق ہے پیروجا ڈیئر۔ میرے منگیتر کا نام بھی خورشید عالم ہے۔ وہ بھی وائلن بجاتے ہیں اور وہ بھی پیرس سے آئے ہوئے ہیں، اور ان دنوں اپنے ملنے والوں سے ملنے کے لیے وطن گئے ہوئے ہیں۔"

اگست کے آسمان پر زور سے بجلی چمکی مگر کسی نے نہیں دیکھا کہ وہ کڑکتی ہوئی بجلی آن کر پیروجا پر گر گئی۔ وہ کچھ دیر تک ساکت بیٹھی رہی، پھر اس نے اس عالی شان عمارت پر نظر ڈالی اور اپنے پرانے اور چھوٹے سے فلیٹ کا تصور کیا، بجلی پھر چمکی اور مالابار ہل کے اس منظر کو روشن کر گئی، چشم زدن میں ساری بات پیروجا کی سمجھ میں آگئی، اور یہ بھی کہ اپنے خطوں میں خورشید عالم نے الماس کا ذکر کیوں نہیں کیا تھا، اور کچھ عرصے سے شادی کے تذکرہ کو وہ کس وجہ سے اپنے خطوں میں ٹال رہے تھے۔ وہ آہستہ سے اٹھی اور اس نے آہستہ سے کہا، "اچھا بھئی الماس، منگنی مبارک ہو خدا حافظ۔"

"جا رہی ہو پیروجا؟ ٹھہرو میری کار تم کو پہنچا آئے گی۔۔۔ ڈرائیور۔۔۔" الماس نے سکون کے ساتھ آواز دی۔

"نہیں الماس۔۔۔ شکریہ۔" وہ تقریباً بھاگتی ہوئی پھاٹک سے نکلی۔۔۔ سڑک سے دوسری طرف اسی وقت بس آن کر رکی، وہ تیزی سے سڑک پار کر کے بس میں سوار ہو گئی۔

فوارے کے پاس کھڑی الماس پھاٹک کی طرف دیکھتی رہی۔ بارش کی زبردست بوچھاڑ نے پام کے درختوں کو جھکا دیا۔

اس واقعے کے تیسرے روز خورشید عالم کا خط الماس کے والد کے نام آیا جس میں انہوں نے اپنے ابا میاں کی شدید علالت کی وجہ سے رخصت کی میعاد بڑھانے کی

درخواست کی تھی۔ انہوں نے الماس کے والد کو یہ نہیں لکھا کہ، اس خبر سے کہ ان کا اکلوتا لڑکا کسی مسلمان رئیس زادی کے بجائے کسی پارسن سے شادی کر رہا ہے، ان کے کٹر مذہبی ابا جان صدمے کے باعث جاں بلب ہو چکے ہیں۔ خورشید عالم کے خط سے ظاہر تھا کہ وہ بیحد پریشان ہیں جواب میں الماس نے خود انھیں لکھا۔

"آپ جتنے دن چاہے وہاں رہیں، ڈیڈی آپ کو غیر نہیں سمجھتے، ہم سب آپ کی پریشانی میں شریک ہیں۔ آپ ابا میاں کو علاج کیلیئے یہاں کیوں نہیں لے آتے؟ بر سبیل تذکرہ کل میں سوئمنگ کیلیئے سن اینڈ سینڈ گئی تھی، وہاں ایک بڑی دلچسپ پارسن مس پیروجا سے ملاقات ہوئی جو پیانو بجاتی ہے اور پیرس سے آئی ہے، اور شاید کسی امریکن کی گرل فرینڈ ہے اور شاید اسی کے ساتھ سن اینڈ سینڈ میں ٹھہری ہوئی ہے میں نے آپ کو اس لئے لکھا کہ غالباً آپ بھی کبھی اس سے ملے ہوں پیرس میں، اچھا۔۔۔ اب آپ ابا میاں کو لے آکر آجایئے، تاکہ یہاں بریچ کنیڈی ہسپتال میں ان کیلیئے کمرہ ریزرو کر لیا جائے۔۔۔ آپ کی مخلص۔۔۔ الماس۔۔۔"

شام پڑے تاردیو کی خستہ حال عمارت کے سامنے ٹیکسی آکر رکی اور خورشید عالم باہر اترے۔ جیب سے نوٹ بک نکال کر انہوں نے ایڈریس پر نظر ڈالی اور عمارت کے لب سڑک برآمدے کی دھنسی ہوئی سیڑھی پر قدم رکھا۔ سامنے ایک دروازے کی چوکھٹ پر چونے سے جو 'چوک' صبح بنایا گیا تھا، وہ اب تک موجود تھا اندر نیم تاریک کمرے کے سرے پر کھڑکی میں ایک بوڑھا پارسی میلی سفید پتلون پہنے سر پر گول ٹوپی اوڑھے کمرے میں زیر لب دعائیں پڑھ رہا تھا۔ ایک طرف میلی سی کرسی پڑی تھی وسطی میز پر رنگین موم جامہ بچھا تھا۔ دیوار پر زرتشت کی بڑی تصویر آویزاں تھی۔ کمرے میں ناریل اور مچھلی کی تیز باس اڈ رہی تھی۔ ایک بوڑھی پارسن سرخ جارجٹ کی ساڑھی پہنے سر پر

رومال باندھے منڈیا ہلاتی اندر سے نکلی۔

"مس پیروجا دستور ہیں؟"

"پیروجا؟" پارسن نے دھندلی آنکھوں سے خورشید عالم کو دیکھتے ہوئے جواب دیا۔ "جو ہو گئی۔۔۔ سن اینڈ سینڈ۔"

"کیا؟ کیا مس دستور سن اینڈ سینڈ میں منتقل ہو گئی ہیں؟" بہری پٹ ضعیفہ نے اقرار میں سر ہلایا۔

"کس کے۔۔۔ کے ساتھ؟" خورشید عالم نے ہکلا کر پوچھا۔ بوڑھی عورت اندر گئی اور ایک وزیٹنگ کارڈ لا کر خورشید کی ہتھیلی پر رکھ دیا، کارڈ پر کسی امریکن کا نام درج تھا۔

"تم مسٹر کھور شیٹ عالم ہو؟ پیروجا نے کہا تھا کہ تم آنے والے ہو اگر اسے ڈھونڈتے ہوئے یہاں آؤں تو میں فوراً اس کو جو ہو فون کر دوں اور تم کو یہ نہ بتاؤں وہ کہاں گئی ہے۔" اس نے بلاؤز کی جیب سے پچیس پیسے نکالے۔ خورشید عالم نے ہکا بکا ہو کر بوڑھی کو دیکھا۔ "آپ کو ایسی صورت حال پر کوئی اعتراض نہیں؟"

بہری نے نفی میں سر ہلایا، "ہم بہت غریب لوگ ہیں، مگر اب پیروجا کو ایک امریکن۔۔۔" دفعتاً بوڑھی پارسن کو یاد آیا کہ انہوں نے مہمان کو اندر ہی نہیں بلایا ہے اور انہوں نے پیٹھ جھکا کر کہا۔ "آؤ۔۔۔ اندر آ جاؤ۔"

خورشید عالم مبہوت کھڑے رہے پھر تیزی سے پلٹ کر ٹیکسی میں جا بیٹھے۔ "بائی بائی" ضعیفہ نے ہاتھ ہلایا۔

بوڑھا پارسی دعا ختم کر کے باہر لپکا مگر ٹیکسی زن سے آگے جا چکی تھی۔

جس روز الماس اور خورشید عالم کی منگنی کی دعوت تھی، ایسی ٹوٹ کر بارش ہوئی کہ جل تھل ایک ہو گئے۔ ڈنر سے ذرا پہلے بارش تھمی اور خورشید عالم اور الماس کے والد کے

دوست ڈاکٹر صدیقی جو حال ہی میں تبدیل ہو کر بمبئی آئے تھے، بالکنی میں جا کھڑے ہوئے، جس سے کچھ فاصلے پر برج خموشاں کا اندھیرا جنگل بھیگی ہوئی ہوا میں سائیں سائیں کر رہا تھا۔ اندر ڈرائنگ روم میں قہقہے گونج رہے تھے اور گرینڈ پیانو پر رکھے ہوئے شمعدان میں موم بتیاں جھلملا رہی تھیں۔ بڑا سخت رومینٹک اور پر کیف وقت تھا۔ اتنے میں گیلری میں ٹیلی فون کی گھنٹی بجی ایک ملازم نے آ کر الماس سے کہا۔ "خورشید صاحب کیلئے فون آیا ہے۔" دلہن بنی ہوئی الماس لپک کر فون پر پہنچی۔ ایک مقامی ہسپتال سے ایک نرس پریشان آواز میں دریافت کر رہی تھی، "کیا مسٹر عالم وہاں موجود ہیں؟"

"آپ بتایئے آپ کو مسٹر عالم سے کیا کام ہے؟" الماس نے درشتی سے پوچھا۔۔۔

"مس پیرو جا دستور ایک مہینے سے یہاں سخت بیمار پڑی ہیں آج ان کی حالت زیادہ نازک ہو گئی ہے۔ انہوں نے کہلوایا ہے اگر چند منٹ کیلئے مسٹر عالم یہاں آ سکیں۔۔۔"

"مسٹر عالم یہاں نہیں ہیں۔"

"آر یو شیور؟"

"یس آئی ایم شیور۔۔۔" الماس نے گرج کر جواب دیا۔ "کیا آپ سمجھتی ہیں میں جھوٹ بول رہی ہوں؟" اور کھٹ سے فون بند کر دیا۔

دو گھنٹے بعد پھر فون آیا۔

"ڈاکٹر صدیقی آپ کی کال۔۔۔" گیلری میں کسی نے آواز دی۔ "آپ کو فوراً ہسپتال بلایا گیا ہے" ڈاکٹر صدیقی جلدی سے ٹیلی فون پر گئے۔ پھر انہوں نے الماس کو آواز دی، "بھئی معاف کرنا مجھے بھاگنا پڑ رہا ہے۔"

الماس دروازے تک آئی۔ "کل آیئے گا۔ کل ہم لوگ ویک اینڈ کیلئے پونا جا رہے ہیں۔"

"ضرور۔۔۔ ضرور۔۔۔ گڈ نائٹ۔۔۔" ڈاکٹر صدیقی نے کہا اور باہر نکل گئے۔

بریچ کنیڈی کے ہسپتال میں صحت یاب ہو کر خورشید عالم کے ابا میاں خوش خوش پرتاب گڈھ واپس جا چکے ہیں، جب تک کمبالا ہل والا فلیٹ تیار نہیں ہوا، جو دلہن کو جہیز میں ملا تھا، شادی کے بعد دولہا میاں سسرال ہی میں رہے، اکثر وہ صبح کو دفتر جانے سے پہلے بالکنی میں جا کر کھڑے ہوتے۔ نیچے پہاڑ کے گھنے باغ میں گزرتی بل کھاتی سڑک برج خموشاں کی طرف جاتی تھی۔ وقتاً فوقتاً سفید براق کپڑوں میں ملبوس پارسی سفید رومالوں کے ذریعہ ایک دوسرے کے ہاتھ تھامے، قطاریں بنائے، جنازہ اٹھائے دور پہاڑی پر چڑھتے ہوئے نظر آتے۔ کوّے اور گدھ درختوں پر منتظر بیٹھے رہتے۔ برج خموشاں کے احاطے کا پھاٹک دور کیمپس کارنر پر کھلتا تھا۔ پھاٹک پر ایک جھاڑ جھنکاڑ داڑھی والا خوفناک بوڑھا پھونس پارسی دربان ساکت بیٹھا رہتا۔ سفید ساریوں اور سفید وگلوں میں ملبوس سوگوار پارسی 'میت چڑھانے' کے بعد سرسبز پہاڑی سے اتر کر اپنی اپنی موٹروں میں بیٹھ جاتے۔ پھاٹک کے باہر زندگی کا پرجوش سمندر اسی طرح ٹھاٹیں مارتا رہتا، مقابل کی عمارت پر ایر انڈیا کے 'مہاراجہ' کا اشتہار نت نئے پر لطف انداز میں ان زندہ انسانوں کو ساری دنیا میں پھیلے ہوئے ایک سے ایک دلچسپ شہروں تک سفر کرنے کی دعوت میں مصروف رہتا۔

'اس' نے ایک بار خط میں لکھا تھا۔۔۔ "ذہن کی ہزاروں آنکھیں ہیں، دل کی آنکھ صرف ایک ہے۔ لیکن جب محبت ختم ہو جائے تو ساری زندگی ختم ہو جاتی ہے۔"

سمندر کی موج پل کی پل میں فنا ہو گئی۔ آسمان پر سے گزرنے والے بادل فضا میں غائب ہو چکے۔ جب وہ مری ہو گی تو کوؤں اور گدھوں نے اس کا کس طرح سواگت کیا ہو گا؟ اس طوفانی رات کو ہسپتال کے وارڈ سے نکل کر اس کی روح جب آسمانوں پر پہنچی ہو

گی، اور عالم بالا کے گھپ اندھیرے میں یا کسی دوسری روح نے ٹکرا کر پوچھا ہوگا، "تم کون ہوں؟" تو اس نے جواب دیا ہوگا، "پتہ نہیں۔۔۔ میں ابھی تو مری ہوں۔"

اب تک اس کی روح کہاں سے کہاں نکل گئی ہو گی، مرے ہوئے انسان زیادہ تیزی سے سفر کرتے ہیں۔

تارابائی اپنی روشن آنکھوں سے صاحب کے گھر کی ہر چیز کو ارمان اور حیرت سے دیکھتی ہے۔ وہ صاحب کو حیرت سے تکا کرتی ہے۔ الماس بیگم اب امید سے ہیں بہت جلد تارابائی کا کام دگنا بڑھ جائے گا۔

آج صبح آئی اسپیشلسٹ ڈاکٹر صدیقی آئے تھے، جب تارابائی ان کیلئے چائے لے کر برآمدے میں گئی تو وہ چونک پڑے اور خوشی سے پوچھا، "ارے تارادئی۔۔۔ تم یہاں کام کر رہی ہو؟"

"جی صاحب۔۔۔" تارابائی نے شرما کر جواب دیا۔ "اب صاف دکھائی دیتا ہے؟"

"جی داگدر جی۔۔۔ اب سب کچھ بہت صاف سجھائی دیتا ہے۔"

"گڈ۔۔۔" پھر وہ مسٹر اور مسز خورشید عالم سے مخاطب ہوئے۔ "بھئی یہ لڑکی دس سال کی عمر میں اندھی ہو گئی تھی، مگر خوش قسمتی سے اس کا اندھا پن عارضی ثابت ہوا۔ تمہیں یاد ہے الماس تمہاری انگیجمنٹ پارٹی کی رات مجھے ہسپتال بھاگنا پڑا تھا؟ وہاں ایک خاتون مس پیرو جا دستور کا انتقال ہو گیا تھا، انہوں نے مرنے سے چند روز قبل اپنی آنکھیں آئی بینک کو ڈونیٹ کرنے کی وصیت کی تھی، لہذا ان کے مرتے ہی مجھے فوراً بلا لیا گیا کہ ان آنکھوں کے ڈیلے نکال لوں۔ بے حد نرگسی آنکھیں تھیں بے چاری کی۔ جانے کون تھی غریب، ایک بہری بڑھیا پارسن پلنگ کے سرہانے کھڑے بری طرح روئے جا رہی تھی بڑا الم ناک منظر تھا۔۔۔ خیر تو چند روز بعد اس تارادئی کا ماموں اسے میرے پاس

لایا تھا اسے کسی ڈاکٹر نے بتایا تھا کہ نیا کورنیا لگانے سے اس کی بینائی واپس آسکتی ہے۔ میں نے وہی مس دستور کی آنکھیں ذخیرے سے نکال کر ان کی کورنیا اس لڑکی کی آنکھوں میں فٹ کر دیا۔ دیکھو کیسی تارا ایسی آنکھیں ہو گئیں اس کی۔ واقعی میڈیکل سائنس آج کل معجزے دکھا رہی ہے۔"

ڈاکٹر صدیقی نے بات ختم کر کے اطمینان سے سگریٹ جلایا۔ مگر الماس بیگم کا چہرہ بھیانک ہو گیا ہے۔ خورشید عالم لڑکھڑاتے ہوئے اٹھ کر جیسے اندھوں کی طرح ہوا میں کچھ ٹٹولتے اپنے کمرے میں چلے گئے۔ تارابائی ان کی کیفیت دیکھ کر بھاگی بھاگی اندر جاتی ہے۔ تو صاحب پلٹ کر باؤلوں کی طرف اسے تکتے ہیں۔ تارابائی کی سمجھ میں کچھ نہیں آ رہا تھا، وہ بوکھلائی ہوئی باورچی خانے میں جا کر برتن صاف کرنے میں مصروف ہو جاتی ہے۔

دور برج خموشاں پہ اسی طرح گدھ اور کوّے منڈلا رہے ہیں۔

کاگا سب تن کھائیو چن چن کھائیو ماس
دوئی نیناں جن کھائیو پیا ملن کی آس

***

٦

آسماں بھی ہے ستم ایجاد کیا!

جولائی ۴۹ء کی ایک ابر آلود سہ پہر جب وادیوں اور مکانوں کی سرخ چھتوں پر گہرا نیلا کہرا چھایا ہوا تھا اور پہاڑ کی چوٹیوں پر تیرتے ہوئے بادل برآمدوں کے شیشوں سے ٹکرا رہے تھے۔ سوائے کے ایک لاؤنج میں، تاش کھیلنے والوں کے مجمع سے ذرا پرے ایک میز کے گرد وہ پانچوں چپ چاپ بیٹھے تھے۔

وہ پانچوں۔۔۔ ان پورنا پر بھاکر، ناہید انور امام، راج کمار آسمان پور، لفٹنٹ کرنل دستور، رستم جہانگیر اور ڈون کارلو۔ اگر اس وقت راون لکر کا کوئی ذہین اور مستعد رپورٹر اپنے کالموں میں ان کا مفصل تذکرہ کرتا تو وہ کچھ اس طرح ہوتا، "ان پورنا پر بھاکر، بر جیشور راؤ پر بھاکر، ارجن گڑھ کے فنانس منسٹر کی دل کش بیوی گہرے سبز رنگ کے میسور جارجٹ کی ساری میں ملبوس تھیں جو ان کی سبز آنکھوں کے ساتھ خوب 'جا' رہی تھی۔ ان کا کشمیری کام کا اور کوٹ سفید رنگ کا تھا جو انہوں نے اپنے شانوں پر ڈال رکھا تھا۔ ان کے خوب صورت کانوں میں کندن کے مگر جھلکورے کھا رہے تھے۔ جن کی وجہ سے ان کی چمپئی رنگت دمک رہی تھی۔ ناہید انور امام گہرے نارنجی بڑے پائنچوں کے پاجامے اور طلائی کارچوب کی سیاہ شال میں ہمیشہ کی طرح بے حد اسمارٹ لگ رہی تھیں۔ راج کمار روی شنکر سیاہ شیروانی اور سفید چوڑی دار پاجامے میں اسمارٹ معلوم ہوتا تھا کہیں

ڈنر میں جانے کے لیے تیار ہو کر آئے ہیں۔ کرنل جہانگیر براؤن رنگ کی شیپ اسکن جیکٹ میں ملبوس بے فکری سے سگار کا دھواں اڑاتے غیر معمولی طور پر وجیہ اور شاندار نظر آتے تھے۔ مس انور امام کا بے حد مختصر اور انتہائی خوش اخلاق سفید کتا بھی بہت اسمارٹ لگ رہا تھا۔"

برابر کی میزوں پر زور وشور سے برج ہو رہا تھا۔ اور ان پانچوں کے سامنے رکھا ہوا قہوہ ٹھنڈا ہوتا جارہا تھا۔ وہ غالباً ایک دوسرے سے اکتائے ہوئے کافی دیر سے خاموش بیٹھے تھے۔ تین دن سے برابر بارش ہو رہی تھی۔ نہ کہیں باہر جایا جاسکتا تھا نہ کسی ان ڈور قسم کے مشغلے یا موسیقی میں جی لگتا تھا۔ سب کی متفقہ رائے تھی کہ سیزن حد سے زیادہ ڈل ہوتا جارہا ہے۔ جنگ کی وجہ سے رنک بند کر دیا گیا تھا۔ اور اس میں فوجیوں کے لیے کینٹین بن گئی تھی۔ سڑکوں پر ہوٹلوں اور دوکانوں میں ہر جگہ ہر تیسرا آدمی وردی میں ملبوس نظر آتا تھا۔ اپنے ساتھیوں میں سے بہت سے واپس جاچکے تھے۔ جنوبی ہند اور یوپی والے جون ہی سے اترنے لگے تھے۔ دلی اور پنجاب کے لوگوں نے اب آنا شروع کیا تھا۔

ان پورنا پربھا کر دل ہی دل میں اس دھن کو یاد کرنے کی کوشش کر رہی تھی جو اس نے پچھلی شام فی فی سے پیانو پر سنی تھی۔ ناہید انور امام کرسی کے کشن سے سر ٹیکے کھڑکی سے باہر نیچے کی طرف دیکھ رہی تھی، جہاں کورٹ یارڈ کے پختہ فرش پر اکادکا آدمی آجارہے تھے۔ دونوں طرف کے ونگز کے برآمدوں میں بیرے کشتیاں اٹھائے سائے کی طرح ادھر ادھر پھر رہے تھے۔ کرنل جہانگیر جو ایران، مصر، انگلستان اور جانے کہاں کہاں گھوم کر اسی مہینے ہندوستان واپس لوٹے تھے، پچھلے پندرہ دن میں اپنی سیروں کے سارے قصے سنا کر ختم کر چکے تھے اور اب مکمل قناعت، اطمینان اور سکون کے ساتھ بیٹھے سگار کا دھواں اڑا رہے تھے۔ راج کمار روی کو اجمیر والے عظیم پریم راگی کی قوالی اور

فرانسیسی شرابوں کا شوق تھا۔ فی الحال دونوں چیزیں وہاں دستیاب نہ ہو سکتی تھیں۔ اس لیے انہیں اس وقت خیال آرہا تھا کہ اگر وہ اپنی راج کماری اندراہی سے صلح کر لیتے تو برا نہ تھا۔ لیکن وہ محض ایک اوسط درجے کے تعلقہ دار تھے اور راج کماری راجپوتانہ کی ان سے دس گنی بڑی ریاست کی لڑکی تھی اور ان سے قطعی مرعوب نہیں ہوتی تھی۔ اور سال بھر اپنے میکے میں رہتی تھی۔

برجیشور راؤ پر بھاکر اسی وقت چہل قدمی کر کے واپس آیا تھا اور لاؤنج کے نصف دائرے کے دوسرے سرے پر اپنے چند دوستوں کے ساتھ گولف اور اسٹاک ایکسچینج پر تبادلہ خیال میں مصروف تھا۔ قریب کی ایک میز پر انعام محمود سپرنٹنڈنٹ پولیس جو عنقریب ڈی آئی، جی ہونے والے تھے برج کھیلتے کھیلتے سوچ رہے تھے کہ اگر وہ سیاہ آنکھوں اور گھنگھریالے بالوں والی پرتگالی لڑکی فی فی جس نے کل رات پیانو بجایا تھا، کم از کم آج ہی کی سرد اور غیر دل چسپ شام ان سے ملاقات کر سکتی تو بہت غنیمت تھا۔ اس سلسلے میں مزید ڈپلومیٹک گفتگو کی غرض سے راج کمار روی کی کرسی کی طرف جھک کر انہوں نے آہستہ سے کچھ کہا۔ راج کماری روی نے بے تعلقی سے سر ہلایا۔ گویا بھئی ہم سادھو سنگ آدمی ہمیں موہ مایا کے اس چکر سے کیا۔ کرنل جہانگیر نے سگار کی راکھ جھٹک کر ذرا بلند آواز سے پکارا، "برجیش چلو کم از کم بلیرڈ ہی کھیلیں۔"

"روی کو لے جاؤ۔۔۔ ہم بے حد ضروری مسائل حل کر رہے ہیں۔" برجیش نے وہیں بیٹھے بیٹھے جواب دیا اور پھر اپنی باتوں میں اس انہماک سے مصروف ہو گیا گویا اگر اس نے دوسری طرف ذرا سی بھی توجہ کی تو ٹاٹا اور سپلا کے شیرز کی قیمتیں فوراً گر جائیں گی۔

"ان پورنارانی، دیکھو تو تمہارا شوہر کس قدر زبردست بوریت کا ثبوت دے رہا ہے" کرنل جہانگیر نے اکتا کر شکایت کی۔

"بھئی اللہ۔۔۔ برجیش گڈو ہی اتنا بور۔ جایئے آپ لوگ جا کر کھیلیے ہم تو اب بیگم ارجمند کے ساتھ چائے پینے جا رہے ہیں۔" ناہید نے اٹھتے ہوئے کہا۔

"ناہید بیگم تمہیں کنور رانی صاحبہ سے جو تازہ ترین خبریں معلوم ہوں، ہمیں رات کے کھانے پر ضرور بتانا۔" راج کمار روی بھی اٹھتے ہوئے بولے۔

"قطعی" ناہید اپنی نقرئی آواز میں تھوڑا سا ہنسی پھر وہ دونوں اپنے اوور کوٹ اور شال سنبھالتی وسط کے ہال کے بڑے زینے کی طرف چلی گئیں۔

"فی فی۔۔۔ فی فی۔۔۔ کیا نام ہے واللہ! گویا جلترنگ بج رہی ہے۔" انعام محمود نے چند لمحوں تک ڈون کارلو کو کرسی پر سے اتر کے اپنے چھوٹے چھوٹے سفید قدموں سے اپنی مالکہ کے پیچھے پیچھے بھاگتا دیکھتے رہنے کے بعد اب ذرا اونچی آواز میں اپنی رائے کا اظہار کیا۔

"بہت تیز ہوتے جا رہے ہو بھائی جان۔ ذرا نیچے سے آنے دو اپنی بیگم کو کان کھنچوائے جائیں گے تمہارے۔" کرنل جہانگیر نے ڈانٹ پلائی۔

"خواتین کہاں گئی ہیں؟" انعام محمود نے پوچھا۔

"بیگم ارجمند کے کمروں کی طرف۔"

"رانی بلیر سنگھ بھی ہوں گی وہاں؟"

"یقیناً"

"نفرت ہے مجھے اس بڑھیا سے۔" انعام محمود پھر تاش کی طرف متوجہ ہوگیے۔

شام کی چائے کے بعد سب پھر لاؤنج میں جمع ہوئے اور سوچا جانے لگا۔ کہ اب کیا کیا جائے۔

"کاش خورشید ہی آجاتا۔" راج کمار روی نے خواہش ظاہر کی۔

"خورشید۔۔۔واقعی۔۔۔جانے آج کل کہاں ہو گا۔" کرنل جہانگیر نے کہا۔ اور پھر سب مل کر بے حد دلچسپی سے کسی ایسے شخص کے متعلق باتیں کرنے لگے جسے خواتین بالکل نہیں جانتی تھیں۔ اکتا کر ناہید نے مسوری ٹائمز کا تازہ پرچہ اٹھالیا اور اس کے ورق پلٹنے لگی۔

سب ذلیل فلم دکھائے جا رہے ہیں۔ رابرٹ ٹیلر۔ اس سے مجھے نفرت ہے۔ ڈور تھی لیمور میرے اعصاب پر آجاتی ہے۔ کیتھرین ہپ برن روز بروز زیادہ بد شکل ہوتی جا رہی، یہ ہیک منیز میں کسی روسی نام کا کیبرے ہو رہا ہے۔ وہ بھی سخت خرافات ہو گا۔۔۔" راج کمار روی نے ناہید کی کرسی کے پیچھے سے پرچے کے صفحات پر جھانکتے ہوئے کہا، "لہٰذا بہترین پروگرام یہی ہے کہ شریفوں کی طرح گھر میں بیٹھ کر قہوہ پیا جائے۔"

"اور ان پورنا رانی سے پیانو سنا جائے۔" کرنل جہانگیر نے جلدی سے صاحبزادہ ارجمند کی تجویز میں اضافہ کر دیا۔ سب ان کی رائے سے اتفاق ظاہر کر کے ان پورنا کو دیکھنے لگے جو اپنی شیریں ترین مسکراہٹ بکھیرتی اسی وقت بیگم ارجمند کے ساتھ ان کی میز کی طرف آئی تھی۔ وہ سب لاؤنج سے نکل کر نشست کے بڑے کمرے میں آگیے۔

"اب ان پورنا رانی کو پکڑو۔" کسی نے برابر کے کمرے میں زینے پر سے اترتے ہوئے آواز دی۔

"جادو جگاتی ہے اپنی انگلیوں سے لڑکی۔" کنور رانی بلیر سنگھ نے ویکس سونگھتے ہوئے اپنی بزرگانہ بلندی پر سے ان پورنا کی تعریف کی اور پھر رومال میں ناک ٹھونس کر ایک صوفے پر بیٹھ گئیں۔

"ناہید بیٹا، تمہیں شاید زکام ہو گیا ہو گا؟" ان پورنا جب پیانو پر سے اٹھ آئی تو

صاحبزادہ ارجمند نے ناہید کو مخاطب کیا۔

"ارے نہیں رجو بھیا۔۔۔ کیا گائیں ہم؟" ناہید نے ہنستے ہوئے چاروں طرف نظر ڈال کر دریافت کیا۔

باہر بارش شروع ہو چکی تھی۔ خنکی بڑھتی جارہی تھی۔ جب ناہید اپنی نقرئی آواز میں "ندیا لاگی میں سوئے گئی گوئیاں" الاپ رہی تھی اس وقت ان پورنا کو اپنی نٹنگ سنبھالتے ہوئے دفعتاً خیال آیا۔۔۔ زندگی کم از کم اتنی ناگوار نہیں جتنی سمجھی جاتی ہے۔ اس نے محسوس کیا جیسے پر خطر طوفانوں اور تند رو آندھیوں سے محفوظ ایک چھوٹے سے گرم اور روشن کمرے میں آگ کے سامنے بیٹھے چوکولیٹ پیتے پیتے ہی عمر بیتی جارہی ہے۔ کیا بچپنا ہے۔ اسے اپنے اس تخیل پر ہنسی آگئی۔ تان پورے کے تار اور پیانو کے پردے چھیڑتے ہوئے اسے ہمیشہ چاندنی رات اور کنول کے پھولوں کا خیال آجاتا تھا۔ اور اس سمے ہوٹل کی نچلی منزل کے چاروں طرف کیاریوں میں لہلہاتے سفید پھول جولائی کی بارش میں نکھر رہے تھے۔ چاند کبھی کبھی بادلوں میں سے نکل کر دریچے میں جھانک لیتا تھا اور پھر چھپ جاتا تھا۔ اور ایسا لگ رہا تھا جیسے فضاؤں سے پگھلی ہوئی موسیقی برس رہی ہے۔

سچ مچ موسیقی کے بغیر اس روکھی پھیکی اجاڑ زندگی میں کیا رہ جاتا۔ درگا اور پوروی اور مارواور بہار۔ پیو پل نہ لاگیں موری انکھیاں۔۔۔ اور تان پورے کے چاروں تاروں کی گمبھیر گونج میں جیسے ہستی کی ساری تڑپ، سارا درد سمٹ آتا ہے۔ اور گھنگھروؤں کی جھنکار میں اور منی پوری کی لچک، بھرت ناٹیم کی گونج اور گرج اور کتھک کی چوٹ اور دھمک میں۔۔۔ اور جب بھیگی رات کے گہرے سناٹے میں کہیں اور گٹار بجتا ہو تو کتنا اچھا لگتا ہے۔ ان پورنا نے سوچا۔ اس خوب صورت آرام دہ دنیا میں جو لوگ دکھی ہیں انہیں سب کو رات کے کھانے کے بعد "ندیا لاگی میں سوئے گئی گوئیاں" الاپنا چاہئے۔

ان پورنا نے نٹنگ کرتے کرتے کشن پر سر رکھ کر آنکھیں بند کرلیں۔ اسے ناہید کا یہ گیت بہت پسند تھا جو وہ اس وقت گا رہی تھی۔ اسے ناہید کے وہ سارے پوربی گیت پسند تھے جو اس نے اکثر سنائے تھے۔ آہ۔۔۔ موسیقی۔۔۔ موسیقی۔۔۔ برجیش اکثر مذاقاً کہا کرتا تھا کہ جس طرح قصے کہانیوں کی پریوں اور شہزادیوں کی جان کسی بیگن، سرخ مرچ یا طوطے میں بند ہوتی ہے، اسی طرح ان پورنا کی جان اس کے تان پورے میں بند ہے۔ جب وہ پیانو بجاتی تھی تو برجیش اپنے کمرے کا دروازہ اندر سے بند کر کے کلکتے کے کلایو اسٹریٹ کی تجارتی خبریں پڑھتا تھا یا آرام سے کرسی پر لیٹے لیٹے سو جاتا تھا اور ناہید خوف زدہ ہو کر کہتی ہائے اللہ کیسا ٹپکل قسم کا شوہر ہے! لیکن اس کے باوجود وہ دونوں ایک دوسرے پر جان دیتے تھے۔

برجیش نے ان پورنا کو چھ سات سال قبل پہلی بار مہابلیشور میں دیکھا تھا۔ اور اس کے صرف ایک ماہ بعد ہی ان پورنا کو اپنے نام کے آگے سے شیر الے ہٹا دینا پڑا تھا۔ وہ دونوں سال کا زیادہ حصہ ریاست کے صدر مقام پر راجپوتانہ میں گزارتے تھے۔ جاڑوں میں کبھی کبھی اپنے عزیزوں سے ملنے پونا یا بمبئی چلے جاتے اور گرمیوں میں شمالی ہند کے پہاڑوں پر آجاتے۔ اب کی مرتبہ انہوں نے طے کیا تھا کہ اگلے سال وہ دونوں کشمیر جائیں گے جو ان پورنا نے اب تک نہیں دیکھا تھا۔ اسے نینی تال کی جھیل میں رقصاں روشنیاں پسند تھیں اور مسوری کی بے پناہ رنگینیاں اور چہل پہل۔ شملہ بہت غیر دلچسپ اور بہت سرکاری تھا۔ زیادہ سے زیادہ تفریح کرلی، جا کر بے وقوفوں کی طرح "اسکینڈل پوائنٹ" پر بیٹھ گیے یا ڈے وی کو چلے گیے۔ ان پورنا کو مسوری پسند تھی اور اپنا شوہر اور اپنے دونوں بچے اور اپنے مخلص اور دلچسپ دوستوں کا حلقہ جو ہر سال وسیع تر ہوتا جاتا تھا۔ اسے اس صوبے کی سب چیزیں بہت اچھی معلوم ہوتی تھیں۔ یہاں کے لوگوں کا کلچر، ان کا باتیں

کرنے کا خوب صورت انداز، ان کے شاندار اور تصویروں ایسے لباس، ان کے رنگ برنگے غرارے اور سیاہ شیروانیاں، ان کے مشاعرے، ان کی کلاسیکل موسیقی۔

جب موسم بہت غیر دل چسپ ہو جاتا یا بارش کی وجہ سے وہ ناہید کے گھر تک نہ جاسکتی تو اپنے کمرے میں بچوں کے لیے نٹنگ کرتی، یا برآمدے میں بیٹھ کر اپنی ہمسایہ بیگم ارجمند سے باتیں کرتی۔ اس کے دونوں بچے پچھلے سال سے کین ویل ہاؤس میں پڑھ رہے تھے۔ بڑا لڑکا بالکل برجیش جیسا تھا۔ سنجیدہ، کم سخن، لیکن اپنی بات منوانے والا۔ بچی ان پورنا کی طرح تھی۔ شیریں تبسم اور سبز آنکھوں والی۔ چار سال کی عمر میں کتھک ناچ ایسا ناچتی تھی کہ بس دیکھا کیجئے۔ یہ ان پورنا کا محبوب مشغلہ تھا کہ آرام کرسی پر لیٹ کر میرا کی آئندہ زندگی کے لیے پروگرام بنائے اور اس نے سوچا تھا کہ اگلے سال وہ اسے شمبھو مہاراج کے پاس لکھنؤ لے جائے گی۔

ناہید اپنا گیت ختم کر چکی تھی اور خوب زور زور سے تالیاں بجائی جارہی تھیں۔ باہر بارش تھم گئی تھی اور رات کا اندھیرا بڑھتا جارہا تھا۔ ڈنر کے بعد سب پھر وہاں جمع ہوگیے اور وہ کمرہ باتوں اور قہقہوں کے شور سے جاگ اٹھا۔ سب دیواروں کے قریب بکھرے ہوئے صوفوں پر بیٹھ کر قہوہ، سگریٹ، پائپ اور دوسری اپنی اپنی پسند کی چیزیں پینے میں مصروف ہوگیے۔ مختلف قسم کی باتیں شروع ہوئیں۔ جنگ کی صورت حال، سوسائٹی کے تازہ ترین اسکنڈلز، ٹینس اور کرکٹ کے متعلق پیشین گوئیاں، بھٹنے روحیں، قسمت کی لکیریں۔

"بھئی ہم کو تو اب نیند آرہی ہے ہم جاتے ہیں۔ شب بخیر" برجیش اپنی چائے کی پیالی ختم کر کے اٹھ کھڑا ہوا۔

"بیٹھو ابھی کیا بد مذاقی ہے" کرنل جہانگیر نے ڈانٹا۔

"بے چاری ان پورنا۔۔ ہائے ہائے۔۔۔ ایسی شاعرانہ، آرٹسٹک مزاج کی لڑکی اور کیسے روکھے پھیکے آدمی سے پالا پڑا ہے۔" بیگم ارجمند نے ذرا دور دریچے کے نزدیک رکھے ہوئے صوفے پر بیٹھے ہوئے آہستہ سے کہا۔

"آہ۔ یہ ہمارے ہندوستان کی بے جوڑ شادیاں۔" کنور رانی بلبیر سنگھ نے ناک پر سے رومال ہٹا کر سماج کی دگرگوں حالت پر ایک مختصر سی آہ بھری اور پھر وِیپکس سونگھنے لگیں۔ بیگم ارجمند اور کنور رانی بلبیر سنگھ سارے دن اپنے ونگ میں اپنے کمروں کے آگے برآمدے میں بیٹھی بیٹھی مسوری بھر کے اسکنڈلز ڈائریکٹ کرتی رہتیں۔ سوائے کی دوسری منزل سے دنیا کا ایک جنرل طائرانہ جائزہ لے کر واقعات عالم پر تبصرہ اور آخری فیصلہ صادر کیا جاتا تھا۔ رفعت آرا اپنے بہنوئی سے شادی کرنے والی ہے۔ آمنہ طلاق لے رہی ہے۔ نسیم نے ہندو سے شادی کرلی۔ میجر ارشاد تیسری بار عشق میں مبتلا ہو گیا ہے۔ یہ ناہید جو مستقل بیمار رہنے لگی ہے، اس کی وجہ یہ ہے کہ اسے قطعی اس کنگ جارج میڈیکل کالج والے خوبصورت ڈاکٹر سے عشق ہو گیا ہے۔ جو بیگم حمید اللہ کا بھانجا ہے۔ وغیرہ وغیرہ۔ دوستوں نے بیگم ارجمند کے برآمدے کا نام "اوبزرویشن پوسٹ نمبر ون" رکھ چھوڑا تھا۔ "اوبزرویشن پوسٹ نمبر ٹو" ہیک مینز کی پچھلی گیلری تھی۔

اور پھر دفعتاً اپنی اپنی باتیں چھوڑ کر سب کرنل جہانگیر کی طرف بے حد دلچسپی سے متوجہ ہوگیے، جو تھوڑی دیر سے فی فی کا ہاتھ دیکھنے میں مشغول تھے۔ فی فی گوا کے پرتگالی حاکم اعلیٰ کی سیاہ آنکھوں اور سیاہ بالوں والی لڑکی تھی۔ جو چند روز قبل اپنے والدین کے ہمراہ بمبئی سے آئی تھی اور آتے ہی اپنے اخلاق اور اپنی موسیقی کی وجہ سے بے حد ہر دلعزیز ہو گئی تھی۔ سب اپنے اپنے ہاتھ دکھانے لگے۔ بھوتوں اور روحوں کے قصے چھڑ

گیے۔ باتوں باتوں میں کرنل جہانگیر نے دعویٰ کیا کہ وہ اسی وقت جس کی چاہو روح بلا دیں گے۔

اور پھر سب کے ہاتھ ایک نیا مشغلہ آ گیا۔ اب موسم کے 'ڈل' ہونے کی شکایت نہ کی جاتی۔ جب بارش ہوتی یا برج میں جی نہ لگتا تو سب کرنل جہانگیر کے سٹنگ روم میں جمع ہو جاتے۔ برج کی میز پر انگریزی کے حروف تہجی الگ الگ کاغذ کے ٹکڑوں پر لکھ کر ایک دائرے میں پھیلا دیے جاتے۔ بیچ میں ایک گلاس الٹا الٹا رکھ دیا جاتا۔ سب چاروں طرف چپ چاپ بیٹھ جاتے۔ گلاس پر دو انگلیاں ٹکا دی جاتیں اور پھر وہ گلاس خود بخود اچھلتا ہوا مختلف حروف پر جا رکتا ا اور ان حروف کو جمع کر کے روحوں کا پیغام حاصل کیا جاتا۔ اس میں بڑے مزے کے لطیفے ہوتے۔ بعض دفعہ غلط روحیں آ جاتیں اور خوب ڈانٹ پھٹکار سنا کر واپس جاتیں۔

شہنشاہ اشوک ہمیشہ بڑی مستعدی سے آ جاتے۔ جاتے وقت روح سے درخواست کی جاتی کہ اب فلاں کو بھیج دیجئے گا۔ جین ہارلو اور لیزلی ہاورڈ کو کئی بار بلایا گیا۔ پنڈت موتی لال نہرو نے آکر ایک مرتبہ بتایا کہ اگلے دو تین سال کے اندر اندر ان کا بیٹا ہندوستان کا حاکم اعلیٰ بن جائے گا۔ روحوں کی پیشین گوئیاں بعض دفعہ بالکل صحیح نکلتیں۔ ان سے سیاسیات پر کم شادی اور رومان پر زیادہ سوالات کیے جاتے۔ لڑکیاں خوب خوب جھینپتیں۔ بہت دلچسپی سے وقت گزرتا۔ کرنل جہانگیر انتالیس چالیس کے رہے ہوں گے لیکن اب تک کنوارے تھے اور مسئلہ تناسخ کے بے حد قائل۔ انہیں دنیا میں صرف تین چیزوں سے دلچسپی تھی۔۔۔ باغبانی، روحانیات اور نرگس۔ پونا میں ان کی ایک بھتیجی تھی۔ جسے وہ بہت چاہتے تھے اور اکثر اس کا ذکر کیا کرتے تھے اور بیگم ارجمند نے یہ طے کیا تھا کہ یہ نرگس ان کی بھتیجی وتیجی قطعی نہیں ہے۔

وہ خواتین کی سوسائٹی میں بے حد مقبول تھے۔ انہوں نے ژند اوستا اور ایران کے صوفی شعراء اور جرمن فلسفیوں کا بھی مطالعہ کیا تھا۔ کئی سال یورپ میں گزارے تھے۔ پیرس میں روحوں کے Scances میں شامل رہ چکے تھے۔ اور سب ملا کر بے حد دلچسپ شخص تھے۔

ایک روز ڈنر کے بعد سب لوگ حسب معمول پھر نشست کے کمرے میں آگیے۔ ان پورنا ٹنگ میں مشغول تھی۔ انعام محمود فی فی کے آگے پیچھے پھر رہے تھے۔ ناہید ڈون کارلو سے سوجانے کے لیے کہہ رہی تھی۔ لیکن وہ آنکھیں پھیلائے بیٹھا سب کی باتیں سن رہا تھا۔ برجیش ایک کونے میں ایک آئی۔ سی۔ ایس صاحب بہادر سے ہندوستانی ریاستوں کی سیاست پر الجھ رہا تھا۔ پیانو کے قریب ایک اسٹول پر رانی کرم پور تلاری کا منظور نظر مظہر الدین بیٹھا پائپ کا دھواں اڑا رہا تھا۔ مظہر الدین بہتر سے بہتر سوٹ پہنتا، اعلیٰ سے اعلیٰ ہوٹلوں میں ٹھہرتا اور بڑے ٹھاٹھ سے رہتا، پونٹیک سے کم بات نہ کرتا اور سب جانتے تھے کہ کہ یہ بڑے ٹھاٹھ کس طرح ہوتے ہیں اور ان کے لیے اتنا بے تحاشا روپیہ کہاں سے آتا ہے۔ اس کی شکل اچھی خاصی تھی۔ ذہن کے معاملہ میں یوں ہی، لیکن بات کرنے میں بہت تیز۔ پہلے وہ ادھیڑ عمر کی بیگم فرقان الدولہ کا منظور نظر تھا۔ اب کچھ عرصے سے رانی کرم پور تلاری کے ساتھ دکھائی دیتا تھا۔

بیگم ارجمند اور ان پورنا وغیرہ اس سے بہت کم بات کرتی تھیں۔ لیکن ان کے شوہروں کی سوسائٹی میں وہ کافی مقبول تھا۔ پائپ کی راکھ جھٹک کر اس نے ان پورنا سے پوچھا، "مسز پربھاکر آپ کو مسئلہ تناسخ سے دلچسپی ہے؟"

"میں نے کبھی اس طرف خیال نہیں کیا۔ کیوں کیا آپ کو بھی۔۔۔ روحانیت سے شغف پیدا ہو گیا؟" ان پورنا کو بادل ناخواستہ لیکن اخلاقاً کیوں کہ وہ مظہر الدین کے

قریب بیٹھی تھی، اس سے باتوں کا سلسلہ شروع کرنا پڑا۔ "کرنل جہانگیر تو لگتا ہے اس مرتبہ ہم سب کو بالکل سنیاسی بنا کر چھوڑیں گے۔ آج کل جسے دیکھئے اپنی اپنی شکار اور اسٹاک ایکسچینج کی باتیں چھوڑ کر روحوں سے الجھ رہا ہے۔" مظہر الدین نے کہا۔ کرنل جہانگیر نے اس کی بات سن لی۔ وہ بولے، "ان پورنا رانی کہیں ایسا نہ ہو کہ ایک روز ہم سب اس مایا جال کو تج کر جٹائیں بڑھائے دو تارہ بجاتے سامنے ہمالیہ کی اونچی چوٹیوں کی طرف رخ کرتے نظر آئیں۔"

"اگر میری بیوی بھی اپنا تان پورہ اٹھا کر بنوں کو نکل گئی تو میں تمہیں جان سے مار ڈالوں گا کرنل۔" برجیش نے اپنے مخصوص انتہائی غیر دلچسپ طریقے سے کہا۔ "چپ رہو یار۔ تم اپنے بازار کے بھاؤ اور گولف سے الجھتے رہو۔ یہ مسائل تصوف ہیں بھائی جان۔" صاحبزادہ ارجمند نے ڈانٹ پلائی۔ برجیش ایک خشک سی ہنسی ہنسا اور پھر نہایت مستعدی سے ان صاحب بہادر کو ارجن گڑھ اسٹیٹ کی پالیسی سمجھانے میں مصروف ہو گیا جو غالباً اگلے مہینے سے وہاں کے ریزیڈنٹ بننے والے تھے۔ پھر قہوہ کے دور کے ساتھ زور شور سے گرما اور آواگون کی بحث چھڑ گئی۔ کرنل جہانگیر کی باتیں بہت دل چسپ ہوتی تھی۔ مثلاً اس وقت انہوں نے ناہید سے کہا کہ پچھلے جنم میں وہ پرتھوی راج تھے اور ناہید ان کی کوئی بہت قریبی عزیز تھی۔

"غالباً سنجوگتا؟" کسی نے پوچھا۔ سب ہنسنے لگے پھر مزے مزے کی قیاس آرائیاں شروع ہوئیں۔ کون کون پچھلے جنم میں کیا کیا رہا ہو گا۔ "کرنل پچھلے جنم میں ناہید کی شادی کس سے ہوئی تھی؟" بیگم ارجمند نے انتہائی دلچسپی سے اپنی سیاہ آنکھیں پھیلا کر پوچھا۔ "کوئی جون پور کا کن کٹا قاضی رہا ہو گا" راج کمار روی بولے۔ بڑا زبردست قہقہہ پڑا۔ ناہید کی نسبت پچھلی کرسمس میں کسی پولس افسر سے ہوئی تھی اور سب دوستوں نے مل کر

اسے مبارکباد کا تار بھیجا تھا۔۔۔ جس میں صرف یہ جملہ تھا، "سیاّں بھئے کوتوال اب ڈر کا ہے کا۔"

کرنل جہانگیر ان پورنا کا ہاتھ دیکھنے میں مصروف تھے۔ اور پھر یک لخت کرنل جہانگیر نے بے حد سنجیدہ لہجہ میں اور بڑی مدھم آواز سے آہستہ آہستہ کہا، "ان پورنا رانی تمہیں یاد آتا ہے کسی نے تم سے کبھی کہا تھا۔۔۔ جب چاندنی راتوں میں کنول کے پھول کھلتے ہوں گے اور بہار کی آمد کے ساتھ ساتھ ہمالیہ کی برف پگھل کر گنگا کے پانیوں میں مل رہی ہوگی۔ اس وقت میں تم سے دوبارہ ملوں گا۔ یاد رہے۔"

ان پورنا حیرت زدہ سی اپنی پلکیں جھپکاتی کرنل کو دیکھنے لگی۔ کمرے میں دفعتاً بڑا حساس سکوت طاری ہو گیا۔ کرنل نے اس کا چھوٹا سا ہاتھ کشن پر رکھ کر پھر کہنا شروع کیا، "یاد کرو۔۔۔ اس کا نام کمل اندر تھا۔ پچھلے جنم میں تم اس کی رانی تھیں۔ چاندنی راتوں میں اپنے راج محل کی سیڑھیوں پر جو گنگا میں اترتی تھیں۔ وہ وینا بجاتا تھا اور تم سنتی تھیں، تم ناچتی تھیں اور وہ دیکھتا تھا۔ پھر تمہاری شادی کے کچھ عرصہ کے بعد ہی وہ ایک جنگ میں مارا گیا اور تمہاری قسمت کی لکیریں کہتی ہیں کہ تم اس جنم میں اس سے ضرور ملوگی۔ ایسا ضرور ہوگا۔ ستارے یہی چاہتے ہیں۔ کرنل رک کر اپنی پیشانی سے پسینہ پوچھنے لگا۔ سب بت بنے اس کی آواز سن رہے تھے، جو لگ رہا تھا، رات کے اس سناٹے میں کہیں بہت دور سے آرہی ہے ان پورنا اسی طرح پلکیں جھپکاتی رہی۔ بیگم ارجمند کی آنکھیں پھیلی کی پھیلی رہ گئیں۔

"اوہ کرنل ہاؤ فنٹاسٹک۔۔۔" ناہید نے چند لمحوں بعد اس خاموشی کو توڑا پھر رفتہ رفتہ قہقہے اور باتیں شروع ہو گئیں۔ کرنل کی پیشین گوئی سب کے خیال میں متفقہ طور پر شام کا بہترین لطیفہ تھا۔

برجیش نے آئی۔ سی۔ ایس صاحب بہادر سے گفتگو ختم کرنے کے بعد اپنے کونے سے ان پورنا کو آواز دی، "چلو بھئی اب چلیں سخت نیند آرہی ہے۔" پھر سب اٹھ کھڑے ہوئے اور ایک دوسرے کو شب بخیر کہہ کہہ کر اپنے اپنے کمروں کی طرف جانے لگے۔ تھوڑی دیر بعد نشست کا کمرہ بالکل خالی ہوگیا۔ اور سب سے آخر میں، ان سب باتوں پر اچھی طرح غور وخوض کرتا ہوا ڈون کارلو اپنی کرسی پر سے نیچے کودا اور ایک طویل مطمئن انگڑائی لینے کے بعد چھوٹے چھوٹے قدموں سے باہر کے زینے کی سیڑھیاں چھلانگتا نیچے کورٹ یارڈ میں پہنچ گیا۔ جہاں اپنے گھر جانے کے لیے ناہید رکشا میں سوار ہورہی تھی۔

موسم روز بروز زیادہ غیر دل چسپ ہوتا جارہا تھا۔ مرد دن بھر لاؤنج میں برج کھیلتے، اَن پورنا بچوں کو لے کر ٹہلنے چلی جاتی یا اپنے سٹنگ روم میں میرا کو طبلے کے ساتھ کتھک کے قدم رکھنا سکھاتی رہتی۔ جب وہ تان پورے کے تار چھیڑتی تو دفعتاً اسے محسوس ہوتا کوئی اس سے کہہ رہا ہے میں تم سے دوبارہ ملوں گا۔۔۔ میں تم سے دوبارہ ملوں گا۔۔۔ ستارے یہی چاہتے ہیں۔۔۔ ستارے یہی۔۔۔ کیا حماقت۔۔۔ گدھے پن کی حد ہے۔ اسے غصہ آجاتا۔ پھر ہنسی آتی۔ اس قسم کے باولے پن کی باتوں کا وہ خود مذاق اڑایا کرتی تھی۔۔۔ ان پورنا۔۔۔ ان پورنا۔۔۔ اتنی موربڈ ہوتی جارہی ہے۔ ان پورنا جس کے شیریں قہقہے سوسائٹی کی جان تھے۔

"کرنل کم از کم روحیں ہی بلادو۔ بہت دنوں سے مہاراجہ اشوک سے گپ نہیں کی۔" ناہید نے بے حد اکتا کر ایک روز کرنل جہانگیر سے کہا۔ وہ سب "اونٹ کی پیٹھ" سے واپس آرہے تھے۔ "خدا کے لیے اب یہ حماقت کا بکھیڑا نہ پھیلانا۔ میرے اعصاب پر آجاتی ہیں تمہاری یہ روحوں سے ملاقاتیں۔" بیگم ارجمند نے ڈانٹا۔

"کرنل واقعی تم کمال کے آدمی ہو۔ اچھا میرے ہاتھ کے امپریشن کا تم نے مطالعہ

نہیں کیا؟" ناہید نے بیگم ارجمند کی بات کو سنی ان سنی کرتے ہوئے کہا۔

"ان نصیبوں پہ کیا اختر شناس۔۔۔" کرنل نے کچھ سوچتے ہوئے بڑی رنجیدہ آواز میں کہا اور چپ ہو گیے۔

"کیوں کرنل تمہیں کیا دکھ ہے؟" ناہید نے "تمہیں" پر زور ڈال کر پوچھا۔

"دکھ۔۔۔؟ شش۔۔۔ شش۔ بچے دکھوں کی باتیں نہیں کیا کرتے۔" وہ لائبریری کی سڑک پر سیڑھیوں تک پہنچ چکے تھے۔

اس روز کنورانی بلیر سنگھ نے اپنی "اوبزرویشن پوسٹ نمبر ون" پر سے پیشین گوئی کی، "دیکھ لینا۔۔۔ ان پورنا اس مرتبہ ضرور کوئی نہ کوئی آفت بلائے گی۔ یہ اس دل جلے کرنل نے ایسا شگوفہ چھوڑا ہے۔ اور برجیش کیسا بے تعلق رہتا ہے اور یہ ہندوستانی ریاستوں کے حکام۔۔۔ تم نہیں جانتیں مائی ڈیر۔۔۔ ان لوگوں کی کیا زندگیاں ہوتی ہیں کیا مورلز ہوتے ہیں۔۔۔ جبھی تو دیکھو برجیش اس کم عمری میں اتنی جلدی فنانس منسٹر کے عہدے پر پہنچ گیا۔"

"دنیا نہ جانے کدھر جا رہی ہے" بیگم ارجمند نے ان کے خیال کی تائید کی۔

اور پھر آخر ایک روز راجکماری نے چائے کے وقت سب کو بتایا کہ "وہ" واقعی آرہا ہے۔ سب اپنی اپنی جگہ سے تقریباً ایک ایک فٹ اچھل پڑے۔ کئی دن سے کسی شخص کا مستقل تذکرہ ہو رہا تھا۔ کئی پارٹیاں اور پکنکیں ایک خاص مدت کے لیے ملتوی کی جارہی تھیں۔ طرح طرح کی قیاس آرائیاں ہو رہی تھیں۔ "دیکھ لینا وہ ضرور اس دفعہ شادی کر لے گا۔۔۔ قطعی نہیں۔۔۔ وہ شادی کرنے والا ٹائپ ہی نہیں۔۔۔ بھئی موسیقی کی پارٹیوں کا اس کے بغیر لطف ہی نہیں۔ ارے میاں انعام محمود فی فی کی طرف سے باخبر رہنا، وہ آرہا ہے۔ بھئی ڈاکٹر خان کو اطلاع کر کے ایمبولینس کاریں منگوالی جائیں۔ نجانے

کتنی بے چاریاں قتل ہوں گی کتنی زخمی۔"

"آخر یہ کون ڈون ژوان صاحب ہیں جنہوں نے اپنی آمد سے پہلے ہی اتنا تہلکہ مچا رکھا ہے" ناہید نے اکتا کر پوچھا۔

"ڈون ژوان۔۔۔! قسم سے ناہید بیگم خوب نام رکھا تم نے۔ "وہ" ہے دراصل خورشید احمد۔ پچھلے کئی سال سے اپنا ہوائی بیڑہ لے کر سمندر پار گیا ہوا تھا۔ اسی سال واپس آیا ہے اور اتوار کی شام کو یہاں پہنچ رہا ہے۔ باقی حالات آپ خود پردہ سیمیں پر ملاحظہ فرمایئے گا۔" راج کمار روی نے کہا۔

اسی روز سے بارش شروع ہو گئی اور اپنی امی کی طبیعت خراب ہو جانے کی وجہ سے ناہید کئی روز تک ان پورنا اور دوسرے دوستوں سے ملنے کے لیے سوائے نہ آ سکی۔ دوسرے دن شام کو بالآخر "وہ" آ گیا۔ اس کے ساتھ اس کے دو دوست اور تھے جو اس کے ہوائی بیڑے سے تعلق رکھتے تھے۔ چائے کے بعد ڈائننگ ہال کی سیڑھیاں طے کر کے وہ بلیرڈ روم کی طرف جا رہا تھا اور اس وقت ان پورنا نے اسے دوسری بار دیکھا۔ کیوں کہ وہ کمل اندر تھا۔ ان پورنا کے دل میں کسی نے چپکے سے کہا۔ اس وقت تک ان پورنا کا اس سے باقاعدہ تعارف نہیں کرایا گیا تھا۔ اس لیے ڈائننگ ہال کے زینے پر سے اتر کے گیلری کی جانب جاتی ہوئی ان پورنا پر ایک نظر ڈالتے ہوئے اسے پہچانے بغیر بلیرڈ روم میں داخل ہو گیا۔ جہاں سب دوست جمع تھے۔

تھوڑی دیر بعد نشست کے بڑے کمرے میں واپس آ کر ان پورنا آ کر ایک بڑے صوفے پر گر گئی۔ اس نے دیوار پر لگے ہوئے بڑے آئینے میں اپنی لپ اسٹک ٹھیک کرنی چاہی۔ اس نے پیانو پر ایک نیا نغمہ نکالنے کا ارادہ کیا لیکن وہ کشنوں پر سر رکھے اسی طرح پڑی رہی۔ بالکل خالی الذہن۔ اتنے میں وسط کے ہال کے زینے پر سے اتر کر مسز پدمنی

اچاریہ اندر آئیں۔ اس نے سوچا کہ وہ ان سے میرآ کے "پل اوور" کے لیے وہ نمونہ مانگ لے جو وہ صبح بن رہی تھی۔ مگر مسز اچاریہ اسے ایک ہلکا سا "ہلو" کہنے کے بعد آئینے میں اپنے بال ٹھیک کر کے باہر چلی گئیں اور وہ۔۔۔ اس نے کچھ نہ کہا۔ کمرے کی کھڑکیوں میں سے باہر لاؤنج میں بیٹھے ہوئے لوگ حسب معمول برج کھیلتے نظر آ رہے تھے۔ اس نے آنکھوں پر ہاتھ رکھ لیے۔ پھر اندھیرا پڑے بلیرڈ روم سے واپس آکر برجیش برآمدے میں سے گزرا اور وہ اس کے ساتھ اپنے کمروں کی طرف چلی گئی۔

دوسرے روز صبح جب وہ اپنے کمرے سے نکل کر ونگ کے برآمدے میں سے گزرتی زینے کی سمت جارہی تھی۔ وہ زینے کی مختصر سیڑھیوں کے اختتام پر کلوک روم کے قریب کھڑا سگریٹ جلاتا نظر آیا۔ جب وہ اس کے پاس سے گزری تو اس نے آگے آکر بے حد اخلاق سے آداب عرض کہا، غالباً پچھلی شام بلیرڈ روم میں ان پورنا سے اس کا غائبانہ تعارف کرادیا گیا تھا۔

"میں خورشید ہوں۔ خورشید احمد۔"

"آداب۔ برجیش کے دوستوں میں سے میں نے صرف آپ کو اب تک نہیں دیکھا۔"

"جی ہاں جب میں ہندوستان سے باہر گیا تھا۔ اس وقت تک برجیش نے شادی نہیں کی تھی۔"

اور تب ان پورنا سے کوئی چپکے سے بولا۔ اس سے کہو تم غلط کہتے ہو، تم خورشید احمد قطعی نہیں ہو۔ تم بالکل صفا کمل اندر ہو۔ پورن ماشی کی چاندنی میں نکھرتے سفید شگوفوں اور دنیا کے گیتوں والے کمل اندر۔ کنول کے پھول کے دیوتا۔ فوراً اسے اپنے اس بچپنے پر ہنسی آگئی۔ اس بے موقع ہنسی کو ایک انتہائی خوش اخلاقی کی مسکراہٹ میں تبدیل کرتے

ہوئے اس نے۔۔۔

"اچھا آیئے نیچے چلیں۔ ہمارا انتظار کیا جارہا ہو گا۔"

چائے پیتے پیتے کنور رانی بلبیر سنگھ نے بڑی بزرگانہ شفقت سے خورشید سے پوچھا، "بھیا تم کا کرت ہو؟" انہیں یہ معلوم کر کے بڑی خوشی ہوئی تھی کہ وہ بھی ہردوئی کے اسی حصے کا ہے جس طرف ان کا تعلقہ تھا۔

"فی الحال تو بمبار طیارے اڑاتا ہوں۔ لڑائی کے بعد نوکری نہیں ملی تو مرغیوں کی تجارت کیا کروں گا۔ بڑی مفید چیز ہوتی ہے۔ پولٹری فارمنگ۔۔۔"

"شادی اب تک کیوں نہیں کی؟" بیگم ارجمند نے اس کی بات کاٹ دی۔

"وہ وجہ دراصل یہ ہوئی بیگم ارجمند کہ کوئی لڑکی مجھ سے شادی کرنے کے لیے تیار ہی نہیں ہوتی۔ اور جن لڑکیوں سے میں ملا وہ یا تو جلد بازی میں آکر پہلے ہی شادی کر چکی تھیں یا کسی اور کے عشق میں مبتلا ہو گئی تھیں یا عنقریب ہونے والی تھیں۔ اس کے علاوہ بیگم ارجمند میرے پاس اتنے پیسے بھی نہیں بچتے کہ ایک بلی بھی پال سکوں۔"

جب خواتین بیگم انور امام یعنی ناہید کی امی کی مزاج پرسی کے لیے رکشاؤں میں سوار ہو گئیں تو راج کمار روی نے پوچھا، "خورشید میاں تم بہت اترا رہے ہو۔ لیکن تمہارے اس تازہ ترین عشق کا کیا ہوا جس کا ذکر اپنے خطوط میں کر کے تم نے بور کر دیا تھا۔"

"چل رہا ہے" اس نے اس بے فکری سے جواب دیا گویا موٹر ہے جو ٹھیک کام دے رہی ہے۔

اور بہت سی دل چسپ اور انوکھی باتوں کے علاوہ اس نے طے کیا تھا کہ اگر کوئی لڑکی اسے سچ مچ پسند آگئی تو وہ فی الفور اس سے شادی کر لے گا۔ چاہے وہ کتنی ہی کالی

بھجنگی ایسی کیوں نہ ہو۔ ویسے وہ کیپ فٹ کے اصول کو مد نظر رکھتے ہوئے گاہے بگاہے غم دل میں مبتلا ہو جایا کرتا تھا۔

لیکن پچھلے دنوں والا واقعہ خاصی سنجیدہ شکل اختیار کرتا جارہا تھا۔ اسی مارچ کے ایک غیر دلچسپ سے اتوار کو جب کہ اس کی میس کے سارے ساتھی یا سو رہے تھے یا اپنے اپنے گھروں کو خط لکھنے میں مصروف تھے اور کینٹین میں کام کرنے والی ساری لڑکیاں اوف ڈیوٹی تھیں اور مطلع سخت ابر آلود تھا۔ اور کسی کی سمجھ میں نہیں آرہا تھا کہ کیا کیا جائے۔ اس وقت اس نے فوراً اس لڑکی سے عشق کرنے کا فیصلہ کر لیا تھا جس کی تصویر اسی روز نئے Listner میں دیکھی تھی۔ وہ ایک خاصی خوش شکل لڑکی تھی اور شمالی ہند کی کسی نشر گاہ سے دوپہر کو انگریزی موسیقی کے ریکارڈوں کا اناؤنسمنٹ کرتی تھی۔ چنانچہ بے حد اہتمام سے اسی وقت ایک ریڈیو فین کی حیثیت سے اسے ایک خط لکھا گیا۔

آپ کے ریکارڈوں کا انتخاب بے حد نفیس ہوتا ہے اور اپنی نقرئی آواز میں جب آپ فرمائشی ریکارڈوں کے ساتھ ساتھ سننے والوں کو ایک دوسرے کے پیغامات نشر کرتی ہیں، انہیں سننے کے بعد سے صورت حال یہ ہے کہ ہم میں سے ایک کو رات بھر نیند نہیں آتی، دوسرے کو اختلاج قلب کا عارضہ ہو گیا ہے، تیسرے کو اعصابی شکایت اور باقی سب کو ابھی دل و دماغ کے جتنے امراض تحقیق ہونے باقی ہیں وہ سب لاحق ہونے والے ہیں۔ اور پرسوں رات کے ڈرامے میں جو آپ کینڈیڈ بنی تھیں تو چاروں طرف اتنے حادثات وقوع پذیر ہوئے کہ ہمیں ریڈیو بند کر کے ایمبولنس کار منگوانی پڑی۔ پھر ایک دوست صاحب خاص طور پر سفر کر کے اس لڑکی کو دیکھنے گیے اور تقریباً نیم جاں واپس آئے۔ پھر ایک صاحب سے جو اسی نشر گاہ کے ایس ڈی کے دوست تھے، معلوم ہوا کہ بڑی بد دماغ لڑکی ہے۔ کسی کو لفٹ نہیں دیتی۔ اسٹوڈیوز میں اپنے کام سے کام رکھتی ہے اور سب اس

سے ڈرتے ہیں۔ پھر اس کو مختلف ناموں سے دس پندرہ خط لکھے گیے۔

عرصے کے بعد اس کا جواب آیا۔ خط میں بڑا فیشن ایبل پتہ درج تھا جو بڑی رومینٹک بات لگی اور نہایت مختصر سا خط جو یہ معلوم کر کے خوشی ہوئی کہ آپ لوگوں کو ہمارے پروگرام پسند آتے ہیں، سے شروع ہو کر امید ہے کہ آپ سب بخیریت ہوں گے، پر ختم ہو گیا۔ اس کے بعد پھر دو تین خط لکھے گیے۔ سب کا جواب غائب۔ آخر میں خورشید کے مسوری آنے سے چند روز قبل اسی لڑکی کا ان سارے خطوں کے جواب میں ایک اور مختصر خط ملا تھا۔ جس پر اور بھی زیادہ فیشن ایبل اور افسانوی پتہ درج تھا۔ فیئری لینڈ ونسنٹ ہل، مسوری۔ اور اب جب سے خورشید اور اس کے دونوں دوست مسوری پہنچے تھے۔ یہی فکر کی جا رہی تھی کہ اس فیئری لینڈ کو تلاش کیا جائے۔ اگلی صبح اپنے سوائے والے دوستوں کو بتائے بغیر پہلا کام انہوں نے یہ کیا کہ ونسنٹ ہل کی طرف چل پڑے۔ بہت اونچی چڑھائی کے بعد ایک خوب صورت دو منزلہ کوٹھی نظر آئی جس کے پھاٹک پر ایک سنگ مرمر کے ٹکڑے پر فیئری لینڈ لکھا تھا۔

آگے بڑھے تو پہلے ایک بل ڈاگ اندر سے نکلا۔ پھر دوسرا پھر تیسرا۔ آخر میں ایک چھوٹا سا سفید کتا باہر آیا جو پیسٹری کھا رہا تھا۔ تینوں پہلے کتوں نے مل کر بھونکنا شروع کیا۔ چوتھا کتا یقیناً زیادہ خوش اخلاق تھا۔ وہ چپ چاپ پیسٹری کے ڈبے میں مصروف رہا۔ سب کے بعد ایک لڑکی باہر آئی اور ان سب کتوں کو گھسیٹ کر اندر لے گئی کیوں کہ باہر خنکی زیادہ تھی اور کتوں کو انفلوئنزا ہو جانے کا اندیشہ تھا۔ ابھی انہوں نے یہ طے نہیں کیا تھا کہ آگے جائیں یا واپس چلیں کہ موڑ پر سے کنور رانی بلبیر سنگھ کی رکشا آتی نظر آئی۔ سوالات کی زد سے بچنے کے لیے وہ جلدی سے پیچھے چلے گیے۔

"چنانچہ پیسٹری کھاتا ہے" خاموشی سے چلتے ہوئے کپور تھلہ ہاؤس کی سڑک پر واپس

پہنچ کر ایک دوست نے بے حد غور و فکر کے بعد کہا۔

"باقی کے تینوں بھی اگر یہی شوق کریں تو نہیں بھونکیں گے۔" دوسرے نے کہا۔

"قطعی نہیں بھونکیں گے۔" خورشید نے اس کی رائے سے اتفاق کیا۔

شام کو جب خورشید راج کمار روی اور برجیش کے ساتھ مال پر ٹہلنے نکلا تو دفعتاً اسے یاد آگیا کہ بے حد ضروری خریداری کرنا ہے۔ "تم لوگ حمید اللہ سے مل آؤ ہم ابھی آتے ہیں۔" راجکمار روی اور برجیش کے آگے جانے کے بعد وہ اپنے دونوں دوستوں کے ساتھ منزلیں مارتا کلہڑی تک پہنچ گیا۔ لیکن کیک پیسٹری کی دوکان کہیں نظر نہ آئی۔ آخر جب وہ بالکل ناامید ہو کر واپس لوٹ رہے تھے تو خورشید کی نظر سڑک کی ڈھلوان کے اختتام پر ایک چھوٹی سی دوکان پر پڑ گئی جس پر بہت بڑا بورڈ لگا تھا۔ "رائل کنفکشنری۔" ایک صاحب دوکان کے باہر کرسی پر بیٹھے ہمدرد صحت پڑھ رہے تھے۔

"کیوں صاحب آپ کیک پیسٹری بیچتے ہیں؟"

"جی نہیں۔۔۔ کیا آپ کا خیال ہے میں نے تفریحاً دوکان کھولی ہے۔"

"ارے میرا مطلب ہے۔۔۔"

"مطلب کیا صاحب! کیا میں یہاں محض تفریحاً بیٹھا ہوں یا یہ جو کھڑکی سجی ہے اسے صرف دیکھ دیکھ کر خوش ہوتا ہوں۔ یا انہیں محض سونگھتا ہوں۔ آخر سمجھتے کیا ہیں آپ؟ کہتے ہیں کہ۔۔۔"

"کیا چاہئے صاحب۔۔۔؟" اندر سے جلدی سے ایک لڑکا نکلا۔

شام کو وہ سب ہیک مینز کے ایک نسبتاً خاموش گوشے میں جمع چائے پی رہے تھے۔

"آہ۔۔۔ فقط ایک جھلک اس کی دیکھی ہے لیکن کیا نفیس ناک ہے کہ گلابی سی اور مختصر جو غالباً سردی کی وجہ سے نم رہتی ہے اور آنکھیں چمکیلی اور شوخ اور نرگسی اور لمبے لمبے ریشمی

بال اور آہ وہ کان چھوٹے چھوٹے بالکل پرستش کے قابل۔۔۔"خورشید نے بہت دیر خاموش رہنے کے بعد بے حد رنجیدہ لہجہ میں کہا۔

"کہاں دیکھی تھی یار جلدی بتاؤ" انعام محمود نے کان کھڑے کیے۔

"آہ۔۔۔وہ دنیا کا بہترین کتا ہے۔ کیوں کہ دنیا کی خوب صورت ترین لڑکی کا کتا ہے اور۔۔۔"

یک لخت خورشید کو وہ دوبارہ نظر آگیا۔ وہ ذرا دور پر دیوار کے قریب ایک صوفے پر بیٹھا تھا۔ اتنا نفیس خلیق کتا جو اگر نہ بھونکتا تو پتہ بھی نہ چلتا کہ کتا ہے۔ بالکل سفید فر کا بڑا سا پرس معلوم ہوتا تھا۔ اور ڈون کارلو کو اپنے سامنے رکھی ہوئی طشتری میں پلم کیک کے ٹکڑے کھاتے کھاتے دفعتاً خیال آیا کہ گیلری کے پرے نیلے رنگ کے یونیفارم میں ملبوس اس انسان کو وہ صبح دیکھ چکا ہے۔ اس نے کیک ختم کر کے ایک طویل انگڑائی لی اور اس انسان سے گفتگو کرنے کے ارادے سے صوفے پر سے کود کر چھوٹے چھوٹے قدم رکھتا گیلری کی طرف چلا۔

اس کی مالکہ اسی گیلری کی دوسری جانب اپنے بھائیوں اور بہنوئی کے ساتھ چائے پی رہی تھی۔ اور حالاں کہ "انڈین ٹی" کے اشتہار سے پتہ چلتا ہے کہ اس چائے کو پینے کے بعد آپ کو دنیا میں کسی چیز کی ضرورت محسوس نہیں ہوتی۔ لیکن اس وقت اس نے محسوس کیا کہ وہ نوجوان جو تھوڑی دیر قبل "ارجمندز کراؤڈ" کے ساتھ ہال میں داخل ہوا تھا یقیناً ایسا تھا کہ اگر پچھلی کرسمس میں اس کی نسبت علی ریاض اے۔ ایس۔ پی۔ سے نہ ہوگئی ہوتی اور یہ نووارد آدمی اگر اس میں دل چسپی لینا چاہتا تو قطعی مضائقہ نہ تھا۔

"ہلو ناہید بیگم۔۔۔ تم اتنے دنوں کہاں چھپی رہیں۔ ادھر آؤ۔۔۔ تمہیں خورشید سے ملوائیں جسے تم نے ڈون ژوان کا خطاب دیا تھا۔" راجکمار روی نے اس کی میز کے قریب

آکر کہا۔

رات کو جب وہ سب ہیک منیز سے واپس آرہے تھے تو ناہید نے خورشید کے اس دوست کو دیکھ کر جو رائل کنفکشنری سے واپسی سے اب تک بے حد اہتمام سے پیسٹری کا ڈبہ اٹھائے پھر رہا تھا۔ اپنی آنکھیں پھیلاتے ہوئے خورشید سے پوچھا، "آپ لوگوں کو پیسٹری کا اتنا شوق ہے کہ اس کے ڈبے ساتھ لیے گھومتے ہیں؟"

اگلی صبح بڑی خوش گوار تھی۔ مینہ رات بھر برس کر اب کھل گیا تھا۔ راستوں کے رنگ برنگے سنگ ریزے بارش کے پانی میں دھل دھلا کر خوب چمک رہے تھے۔ فضا میں پھولوں کی مہک اور گیلی مٹی کی سوندھی خوشبو پھیلی ہوئی تھی۔ زندگی بڑی تروتازہ اور نکھری ہوئی معلوم ہوتی تھی۔ ان پورنا میرا کو لے کر ٹہلتی ہوئے نچلی دیوار تک آگئی۔ جہاں چند رکشائیں اور موٹریں کھڑی تھیں۔ لائبریری والی سڑک کی سیڑھیاں چڑھ کر وہ ہوٹل کی طرف نظر آیا۔ قریب پہنچ کر اس نے اپنی دل آویز مسکراہٹ کے ساتھ آداب عرض کہا، "جے کروبی انکل کو جے نہیں کی تم نے۔" ان پورنا نے اس کے سلام کا جواب دیتے ہوئے میرا کو ڈانٹا۔ میرا نے بے حد پیارے طریقے سے اپنے ننھے منے ہاتھ جوڑ دیے، خورشید نے جھک کر اسے اٹھالیا۔ پھر اسے آیا کے سپرد کر دینے کے بعد وہ دونوں باتیں کرتے ہوئے ہوٹل کی جانب آگیے۔ برجیش کے برآمدے میں پکنک کا پروگرام بنایا جارہا تھا۔ سب خورشید کے منتظر تھے۔

ایسا لگتا تھا جیسے سب میں جان پڑگئی ہے۔ جو لوگ موسم کی غیر دل چسپی کی شکایت کرتے رہتے تھے، اب ان کا ہر لمحہ نت نئے پروگرام بنانے میں صرف ہوتا۔ ہر وقت پیانو اور وائلن بجتا، فیری لینڈ جاکر ناہید سے ڈھولک کے پوربی گیت سنے جاتے۔ برساتیوں، ٹوکریوں اور چھتریوں سے لد پھند کر وہ سب دور دور نکل جاتے۔ ایک روز

پکنک پر جاتے ہوئے رائل کنفکشنری پر بھی دھاوا بولا گیا۔ برجیش بھی اب کلایو اسٹریٹ کی خبریں پڑھنے کی بجائے ان تفریحوں میں حصہ لینے لگا۔ دنیا یک لخت بڑی پر مسرت بڑی روشن اور بڑی خوش گوار جگہ بن گئی تھی۔

جس گھر میں خورشید اپنے ایک دور کے عزیز کے یہاں ٹھہرا تھا، وہ نہایت عجیب و غریب اور بے حد دل چسپ جگہ تھی۔ اوپر کی منزل میں جو سڑک کی سطح کے برابر تھی گھوڑے رہتے تھے جو سڑک پر سے سیدھے اپنے اصطبل میں پہنچ جاتے، جو ڈرائنگ روم کے عین اوپر تھا۔ درمیانی منزل میں مرغیاں، کتے، بلبلاں، بچے اور لڑکیاں رہتی تھیں۔ نچلی منزل میں جس کی سیڑھیاں کھڈ میں اترتی تھیں، خورشید کو ٹھہرایا گیا تھا۔ گھوڑے شاید الارم لگا کر سوتے تھے۔ صبح سویرے ہی وہ جاگ جاتے اور تیسری منزل کی کھڑکیوں سے نیچے جھانکنے میں مصروف ہو جاتے۔ خورشید کا جی چاہتا تھا کہ زور سے کچھ اس قسم کا گیت الاپے۔۔۔ یہ کون اٹھا اور گھوڑوں کو اٹھایا۔۔۔ پھر دوسری منزل پر مرغیاں، کتے، بلبلاں، بچے اور لڑکیاں اپنے اپنے پسندیدہ اسٹائل سے جاگنا شروع کرتیں اور قیامت کا شور مچتا۔ اسی کے ساتھ ساتھ خورشید کے دونوں دوست غسل خانوں میں گھس کر اپنا صبح کا قومی ترانہ شروع کر دیتے۔۔۔ یہ کون آج آیا سویرے سویرے۔۔۔ پھر لڑکیاں گھوڑوں پر سواری کے لیے جاتیں۔ لیکن سواری کرنی کسی کو بھی نہیں آتی تھی۔ اس لیے سڑکوں پر روز شہسواری کے بعض نہایت نادر نظارے دیکھنے میں آتے۔۔۔ پھر ایک روز لڑکیوں کی شہسواری سکھانے کا بے انتہا خوش گوار فرض خورشید کے سپرد کیا گیا۔ وہ اسی دن اپنا سامان لے کر سوائے بھاگ آیا۔

اسٹینڈرڈ میں سالانہ مشاعرہ تھا۔ محفل ختم ہونے کے بعد سب باہر نکل آئے تھے۔ بڑا بے پناہ مجمع تھا۔ بھوپال کی الٹرا فیشن ایبل لڑکیاں، حیدرآباد کے جاگیر دار، رام پور کے

رئیس، نئی دہلی اور لکھنؤ کے ہندوستانی صاحب لوگ سب کے ہونٹوں پر جگر کی تازہ غزل کے اشعار تھے،

لاکھ آفتاب پاس سے ہو کر گزر گیے
بیٹھے ہم انتظار سحر دیکھتے رہے

زینے کی سیڑھیاں طے کر کے وہ سارے دوست بھی نیچے سڑک پر آگئے۔ مشاعرے کے دوران میں خورشید ان پورنا کو شعروں کے مشکل الفاظ کے معنی بتاتا رہا اور ان پورنا نے طے کر لیا کہ وہ ناہید سے قطعی طور پر اردو پڑھنا شروع کر دے گی۔ اردو دنیا کی خوب صورت ترین اور شیریں ترین زبان تھی اور لکھنؤ والوں کا لب و لہجہ، لکھنؤ جو خورشید کا وطن تھا، ان پورنا کا لکھنؤ دیکھنے کا اشیاق زیادہ ہو گیا۔ وہاں کے ہرے بھرے باغ، سایہ دار خوب صورت سڑکیں، شان دار عمارتیں، مہذب لوگ جہاں کے تانگے والے اور سبزی فروش بھی اس قدر تہذیب سے اور ایسی نفیس زبان میں گفتگو کرتے تھے کہ بس سنا کیجئے اور پھر وہاں کا موسیقی کا میرس کالج، وہاں کا کتھک ناچ۔ خورشید نے وائلن میرس کالج میں سیکھا تھا۔ برجیش کہتا تھا جس طرح ان پورنا رانی کی جان تان پورے کے تاروں میں رہتی ہے اسی طرح خورشید کی جان اس کے وائلن کیس میں بند ہے۔ مسلمان لڑکے عام طور پر زیادہ خوب صورت ہوتے ہیں۔ ناہید کی ساری غیر مسلم سہیلیاں اس سے اکثر کہا کرتی تھیں۔ خورشید بھی بہت خوب صورت تھا۔ برجیش اور کرنل جہانگیر اور راج کمار روی ان سب سے زیادہ دل کش اور شان دار۔

اور اس وقت جب کہ مشاعرے کے بعد وہ سب ٹہلتے ہوئے اسٹینڈرڈ سے واپس آرہے تھے، مال کی ریلنگ کے ساتھ ساتھ چلتے ہوئے دفعتاً خورشید نے مڑ کر ان پورنا سے

کہا، "زندگی بڑی خوش گوار ہے نا ان پورنا رانی، ہے نا؟" پھر وہ بے فکری سے سیٹی بجا کر ڈوّن کارلو کو بلانے لگا جو ناہید کے پیچھے پیچھے بھاگ رہا تھا وہ اور ان پورنا آگے جاتے ہوئے مجمع سے ذرا فاصلہ پر سڑک کے کنارے چل رہے تھے۔ آسمان پر ستارے جگمگا اٹھے تھے اور پہاڑوں کی چوٹیوں پر سے ٹھنڈی ہوا کے جھونکے آ رہے تھے۔

"تم زندگی سے بالکل مطمئن ہو خورشید احمد؟" ان پورنا نے تھوڑی دیر تک اس کے ساتھ چلتے رہنے کے بعد پوچھا۔

"بالکل۔۔۔ مجھ سے زیادہ بے فکر شخص کون ہو گا۔۔۔ ان پورنا رانی! میں جس کی زندگی کا واحد مصرف کھیلنا اور خوش رہنا ہے۔ جب میں اپنا طیارہ لے کر فضا کی بلندیوں پر پہنچتا ہوں، اس وقت مجھے اچھی طرح معلوم ہوتا ہے کہ میں موت سے ملاقات کرنے کی غرض سے جا رہا ہوں۔ موت مجھے کسی لمحے بھی زندگی سے چھین سکتی ہے، لیکن زندگی اب تک میرے لیے خوب مکمل اور بھرپور رہی ہے۔ میرے پیچھے اس خوب صورت دنیا میں صرف میرے دوست رہ جائیں گے جو کبھی کبھی ایسی ہی خوشگوار راتوں میں مجھے یاد کر لیا کریں گے۔" ان پورنا کا جی چاہا کہ وہ چلا کر کہے۔۔۔ تم غلط کہتے ہو کمل اندر! اگر تم مر گے تو تمہارے لیے ایک روح عمر بھر روئے گی کہ تم نے اس سے دوبارہ ملنے کا وعدہ کیا۔ لیکن نہ مل سکے۔

اور پھر اپنی اوبزرویشن پوسٹ پر بیٹھے بیٹھے بیگم ارجمند اور کنور رانی صاحبہ نے طے کیا کہ بہت اچھا لڑکا ہے۔ کھاتے پیتے گھرانے کا۔ نیک سیرت، شکیل، برسر روزگار اور اب تک یوں ہی کنوارا گھوم رہا ہے۔ اس کی شادی کروانی چاہیئے۔ بیگم ارجمند اور کنور رانی صاحبہ نہایت تندہی سے لڑکیاں کھوجنے میں مصروف ہو گئیں۔ جتنے خاندان اس سال مسوری آئے تھے ان کی لڑکیاں اور جتنے نہیں آئے تھے اور جتنی لڑکیاں کالجوں کی

ڈگریاں لے کر اب شادی کے انتظار میں گھروں پر بیٹھی تھی، اور جتنی لڑکیوں کو ان کے والدین ہر سال مسوری محض اسی لیے لاتے تھے کہ کہیں چلتے پھرتے روڈ پر گھومتے، ہیک منیز میں ناچتے اچھے کھاتے پیتے لڑکے مل جائیں۔ کیوں کہ ظاہر ہے جو لڑکے ہیک مینز میں ناچ سکتے ہیں، وہ یقیناً کھاتے پیتے بلکہ کھاتے کم پیتے زیادہ ہی ہوں گے۔ ان سب پر بیگم ارجمند نے اپنے برآمدے پر سے ایک طائرانہ نظر ڈالی اور خورشید کو ازدواجی زندگی کی گوناگوں خوبیوں سے آگاہ کرنا شروع کر دیا۔ وہ بیگم انور امام بھی وقتاً فوقتاً کہنے لگیں کہ جب آپ ناہید کی منگنی کر چکی ہیں تو اب شادی بھی کر ڈالیے یا اگر اس جگہ کرنے کا اب آپ کا ارادہ نہیں رہا وہ دوسری بات ہے۔ میری نظر میں اور بھی کئی اچھے لڑکے ہیں وغیرہ۔

کہتے ہیں ایک شادی کرانے سے شاید ایک حج کا ثواب ملتا ہے۔ بلکہ حدیث شریف اور صحیح بخاری میں تو یہاں تک آیا ہے کہ مردے کے دفن اور لڑکی کے نکاح میں تاخیر نہ کرو کہ تاخیر سے جس گھر میں کنواری لڑکی دیر تک موجود رہے، وہاں نیکی کے فرشتوں کا گزر کم ہوتا ہے اور شیطان کے آنے کا احتمال زیادہ قوی ہو جاتا ہے۔ اللہ تعالیٰ سب مومنوں کی لڑکیاں عزت آبرو کے ساتھ اٹھائے اور اپنے اپنے گھروں کی کرے آمین! بیگم ارجمند کی نصیحتیں سن کر ناہید بھی بولا گئی اور اسے لگا جیسے علی ریاض سے اب تک شادی نہ کر کے اس نے کوئی بڑا سخت ناقابل معافی جرم کیا ہے اور قیامت کے روز وہ قطعی نہ بخشی جائے گی۔

تب لاؤنج میں اور نشست کے بڑے کمرے میں اور ڈائننگ ہال میں چپکے چپکے سرگوشیاں شروع ہوئیں۔ یار برجیش ذرا باہر جاکر دیکھ تیری بیوی اس مسلمان چھوکرے کے لیے کتنی بے وقوف بن رہی ہے۔ مگر بھئی وہ طلاق بھی تو نہیں لے سکتی۔ ہندو عورت

کو تو اپنے میاں کے ساتھ عمر بتانی پڑتی ہے۔۔۔ یہ کوئی مسلمان لونڈیوں کے ٹھاٹھ ہیں کہ ادھر شادی ہوئی اور ادھر کوئی دوسرا پسند آگیا تو کھٹ سے طلاق۔۔۔ اور جانے کیا کیا باتیں، اور برجیش دن بھر زیادہ تر برج کھیلتا یا پھر اپنے دوستوں سے گولف کی باتیں کرتا رہتا۔

دن بھر بارش ہوتی رہی تھی۔ پھولوں کے پودے اور پائن اور سلور اوک کے درخت شام کی ہوا میں آہستہ آہستہ جھوم رہے تھے۔ ڈھلوان کی طرف بہتے ہوئے پانی میں سنگریزے جگمگا رہے تھے۔ ہوا میں مٹی اور پھولوں کی عجیب سوندھی سی خوشبو اڑ رہی تھی اور کچھ دور پر ایک پر شور پہاڑی نالہ پتھروں سے ٹکراتا تیزی سے نیچے گر رہا تھا۔ ان پورنا سیڑھیاں طے کر کے نیچے سڑک کی ریلنگ پر جھکی وادی کو دیکھنے لگی۔ جہاں مکانوں کی سرخ چھتیں ہرے درخت اور دھندلے بادل نیلے کہرے میں ایک دوسرے سے گھل مل رہے تھے۔ اس کے پاس جنگلے کے سہارے کھڑی ہوئی ناہید نے، جو بے فکری سے اپنا کوئی پسندیدہ گیت گنگنا رہی تھی، دفعتاً اس سے پوچھا۔

"ان پورنا خورشید بڑا پیارا لڑکا ہے نا؟"

"ہم۔۔۔"

"میں اس سے شادی کر لوں؟" ناہید نے اسی بے فکری سے پوچھا۔ گویا لیلا رام کے یہاں آئی ہوئی کسی نئی قسم کی ساری کی خریداری کے متعلق رائے لے رہی ہے۔ ہے بھگوان۔۔۔ کیسی مضحکہ خیز، عجیب و غریب صورت حال تھی۔

"بیگم ارجمند کے ذریعہ تو وہ کب کا کہلوا چکا ہے۔ وہ اب تک اس لیے خاموش تھا کیوں کہ اس نے سنا تھا کہ میری نسبت پہلے ہی ہو چکی ہے۔ لیکن جب اسے پتہ چلا کہ خاندانی پولی ٹیکس کی وجہ سے یہ منگنی ٹوٹ گئی ہے تو اس نے فوراً پرو پوز کر دیا۔ کتنی سویٹ

بات کی ناگڈونے۔ لیکن مصیبت یہ ہے کہ میرے گھر والے راضی نہ ہوں گے کیوں کہ وہ بے چارہ سید نہیں ہے اور ہمارے ہاں خاندان سے باہر اور خصوصاً غیر سیدوں سے شادی کر ہی نہیں سکتے۔"

"یہ تو بڑی ٹریجڈی ہے۔"

"اور کیا بھئی۔۔۔ بھئی اللہ ان پورنا تم تو کوئی رائے دیتی ہی نہیں، کتنی بور ہو خدا کی قسم۔ اور پرسوں ہم لوگ نیچے جارہے ہیں۔"

"اچھا واقعی۔۔۔"

پہاڑی نالہ اسی تیزی سے نیچے گر رہا تھا۔ سڑک پر رونق بڑھتی جارہی تھی۔

پھر ان پورنا آہستہ آہستہ قدم رکھتی سیڑھیاں طے کر کے ہوٹل واپس آگئی۔ نشست کے کمرے میں سے کسی ساز کی آواز آرہی تھی۔ بہت مدھم سروں میں شاید وائلن کے تار چھیڑے جارہے تھے۔ ایک بہت ہی پیارا نغمہ جو ان پورنا نے اب تک نہ سنا تھا بج رہا تھا۔ وہ لاؤنج کے سامنے سے گزر کر اپنے ونگ میں آگئی۔ برجیش اپنے کمرے میں نہیں تھا۔ باہر اندھیرا اور خنکی بڑھتی جارہی تھی۔ اپنے بیڈروم کے دریچے میں کھڑے ہو کر فر کے درختوں کی اوٹ میں سے طلوع ہوتے ہوئے پورنماشی کے چاند کو دیکھتے ہوئے ان پورنا کو خیال آیا۔۔۔ ابھی تک برجیش گھوم کر واپس نہیں آیا کہیں اسے ٹھنڈ نہ لگ جائے۔ ہائے رام۔ وائلن کی آواز خاموشی میں ڈوبتی جارہی تھی۔

پھر برجیش راج کمار روی کے ساتھ ٹہلتا ہوا بہت دور تک نکل گیا۔ شارول روڈ پر سے وہ دونوں کاپٹی فالز روڈ پر مڑ گیے اور خاموشی سے ٹہلتے ٹہلتے ریسٹ ہاؤس تک پہنچ گیے۔

"یار تمہیں کچھ اندازہ بھی ہے ہم لوگ کتنی دور نکل آئے ہیں۔ اب واپس چلو۔

ورنہ مجھے نمونیہ ہو جائے گا۔" راجکمار نے تھک کر ایک پتھر پر بیٹھتے ہوئے کہا۔ برجیش چٹان کے کنارے پر کھڑا وادی پر جھکے ہوئے چاند کو غور سے دیکھ رہا تھا۔

"ارے بھائی جان اب چلنا چاہیئے۔ کیا یہیں ریسٹ ہاؤس میں رات گزارنے کا ارادہ ہے، کیا دیکھ رہے ہو؟" راجکمار روی نے جھنجھلا کر پوچھا۔

"کچھ نہیں میں یہ سوچ رہا تھا۔ یہاں سے چاند تک کا آئرن شوٹ کتنا ہو گا۔۔۔؟" برجیش نچلی چٹان پر اتر آیا۔ چاند کی کرنوں میں آبشار کا شور مچاتا پانی پگھلی ہوئی چاندی کی طرح جھلملا رہا تھا۔ کہر ابڑھتا جا رہا تھا۔ راجکمار روی پتھر پر سے اٹھ کر سڑک کی طرف واپس جانے لگے اور اس وقت دفعتاً رات کی اتھاہ خاموشی میں پیچھے چٹان پر سے کسی بھاری چیز کی نیچے گہرے کھڈ کے پتھروں پر زور سے گرنے کی آواز آئی۔ پھر کھڈ کی گہرائی میں بہتے ہوئے آبشار کے پانی کا شور زیادہ ہو گیا۔ دور سوائے کے ایک خاموش کمرے میں وائلن کے تاروں سے بلند ہونے والا نغمہ دیر تک تاریکی میں گونجتا رہا۔

کیونکہ وہ برجیشور راؤ پربھاکر کا آخری نغمہ تھا۔

***

۷

روشنی کی رفتار

(ڈاکٹر (مس) پدما میری ابراہام کُرین۔ عمر ۲۹ سال۔ تعلیم، ایم۔ ایس۔ سی۔ (مدراس) پی ایچ۔ڈی (کولمبیا) قد، پانچ فٹ ۲ انچ۔ رنگت، گندمی۔ آنکھیں، سیاہ۔ بال، سیاہ۔ شناخت کا نشان، بائیں کنپٹی پر بھورا تل۔ وطن، کوچین (ریاست کیرالا)۔ مادری زبان، ملیالم۔ آبائی مذہب، سیرین چرچ آف مالا بار۔ ذاتی عقائد، کچھ نہیں۔ پیشہ، سرکاری ملازمت۔)

امریکہ سے لوٹنے کے بعد ڈاکٹر کرین پچھلے دو سال سے جنوبی ہند کے ایک اسپیس ریسرچ سنٹر (Space Research Centre) میں کام کر رہی تھی۔ اسے سرکاری کالونی میں ایک مختصر سا بنگلہ ملا ہوا تھا، جس میں وہ اپنے دو چھوٹے بھائیوں کے ساتھ مقیم تھی۔ دونوں بھائی کالج میں پڑھ رہے تھے۔ والدین (پنشن یافتہ اسکول ٹیچر) کوچین میں رہتے تھے۔

پدما میری ایک خاموش طبع محنتی لڑکی تھی جو بڑی لگن سے اپنے فرائض منصبی انجام دیتی تھی۔ مہینے میں ایک آدھ بار سینما دیکھ آتی تھی۔ اور اوقات فرصت میں دوستوں کو چینی کھانے پکا کر کھلانا اس کا مرغوب مشغلہ تھا۔ ایک سیکنڈ ہینڈ کار خریدنے کے لیے روپیہ جمع کر رہی تھی۔ اور سائیکل پر دفتر آتی جاتی تھی۔ ایک بالکل نارمل قسم کی سیدھی سادی

ساؤتھ انڈین لڑکی۔

اپریل ۱۹۶۶ء کے ایک خوشگوار دن، لیباریٹری میں کام کرتے کرتے پدمانے گھڑی پر نظر ڈالی صبح وہ جلدی میں ناشتہ کیے بغیر آگئی تھی۔ اور اب اسے سخت بھوک لگ رہی تھی ایک بجنے والا تھا۔ چند منٹ بعد وہ بیگ اٹھا کر باہر آئی۔ سائیکل پر بیٹھی اور اپنے کالج کی سمت روانہ ہوئی۔

راستے میں ایک جگہ ایک پتلا سانالہ اور پُل پڑتا تھا۔ دوسری طرف سبزہ زار اور گھنا جنگل۔ خاصی سنسان سڑک تھی۔ اس وقت پل پر سے گزرتے وقت اس کی نظر گھاس کے میدان پر پڑی تو اسے بڑا اچنبھا ہوا۔ ایک چھوٹا سا بیضوی روکٹ گھاس پر کھڑا عجیب سی روشنی میں دمک رہا تھا۔ وہ سائیکل سے اتری اور نرسلوں میں سے گزرتی اس کے قریب پہنچی۔ چاروں طرف سے بغور دیکھا ایک دروازہ اندر دو سیٹیں۔ خلا باز غائب۔ دروازے پر جونہی ہاتھ رکھا وہ آپ سے آپ کھل گیا۔ ڈاکٹر کرین خود اسپیس ریسرچ میں مصروف تھی۔ بڑے شوق سے اس نے روکٹ میں قدم رکھا۔ دروازہ فوراً بند ہو گیا، کوک پٹ میں بیٹھ کر سب کل پرزے دیکھے بھالے کچھ پلّے نہ پڑا۔ متعدد پش بٹن اور سوئچ اور روشن ڈائل جن پر صدیوں کے اعداد تھے سرخ رنگ کی سوئی ۱۹۶۶ء پر ساکت کھڑی تھی۔

اب کیا ہوا کہ ڈاکٹر صاحب باہر نکلنے کے لیے سیٹ پر سے اترنے لگیں۔ ان کی داہنی کہنی ۱۳۱۵ق۔م والے پش بٹن سے ٹکرا گئی۔ سفید روشنی کا ایک کوندہ لپکا۔۔۔ زوں۔۔۔ زوں۔۔۔ پل کی پل میں روکٹ نہ معلوم کہاں سے کہاں۔۔۔ ڈاکٹر کرین کے ہوش اڑ گئے، ہاتھ پاؤں ٹھنڈے پڑے، سر گھوم گیا، آنکھیں بند کیں۔ آنکھیں کھولیں چاروں طرف روشن آسمان نیچے نیلا سمندر دریا کا ڈیلٹا۔ دلدل۔ سرکنڈے۔ ریگستان۔

اطمینان کا سانس لیا۔ اجی کہاں کا سائنس فکشن۔ وہی اپنی جانی پہچانی پرانی دھرانی دنیا تھی۔ شکر خدا کا۔ روکٹ زمین پر اتر چکا تھا۔ سرخ سوئی ۱۴۱۵اق۔م پر ٹک گئی دروازہ خود بخود کھلا۔۔۔ پدما میری باہر نکلی۔ سامنے جھیل کے کنارے ایک ننھا گڈریا پتھر پر بیٹھا بانسری بجا رہا تھا۔ کھجوروں کے نیچے بکریاں چر رہی تھیں۔ افق پر اہرام۔۔۔ گڈ ہیونز۔۔۔ یہ تو مصر نکلا۔۔۔ گڈ اولڈ ایجپٹ۔

دو برس قبل نیویارک سے بمبئی جاتے ہوئے وہ مصر سے گذری تھی۔ اہرام کی خوب تصویریں کھینچیں۔ یہی چرواہے۔ یہی نخلستان، یہی فلاحین۔

یہ ۱۳۱۵اق۔م کہاں سے آیا۔ صریحاً ۱۹۶۶ء ہے۔ چلو بھئی۔ نہ ٹائم مشین، نہ کچھ۔ تازہ ترین قسم کا روکٹ ہے، جسے کوئی وزٹنگ امریکن یا روسی سائنسدان ہمارے یہاں لایا ہو گا۔۔۔ یہ سوچ کر اسے بڑا اطمینان ہوا۔

اچانک ایک اور پریشانی۔ ممکن ہے یہ جگہ سوئیز کے نزدیک ہو۔ مشتبہ حالات میں پھرتی، پکڑی گئی تو اور مصیبت۔ ہندوستان مصر کا لاکھ دوست سہی مگر نہ پاسپورٹ، نہ ویزا۔ اب فوراً پہنچنا چاہئے انڈین ایمبیسی کائیرو (قاہرہ)۔

اہرام کے آس پاس کے فلاحین اور چرواہے مغربی سیاحوں کی مسلسل آمد و رفت کی وجہ سے تھوڑی بہت انگریزی سمجھ لیتے ہیں۔ لہٰذا پدما میری نے اس گرڑیے سے کہا، "کائیرو۔۔۔ بس۔۔۔ ٹیکسی۔۔۔ اوٹوموبیل۔۔۔" لڑکے نے سر ہلایا۔ دور ایک کسان گدھے پر سوار بگٹٹ چلا جا رہا تھا۔ لڑکے نے اسے آواز دی۔ وہ دھول اڑاتا قریب آیا۔ گرڑیے نے اس سے کچھ کہا۔

تب دفعتاً پدما میری پر ایک خوف ناک انکشاف ہوا۔ گڈریا اور کسان جو زبان بول رہے تھے، وہ عربی نہیں تھی (کولمبیا یونیورسٹی کے لبنانی طلباء سے کافی عربی سنی تھی) اور

یہ اجنبی بھاشا نہ صرف اس کی سمجھ میں آرہی تھی بلکہ اس نے خود کو اس ادق افریقی زبان میں فر فر باتیں کرتے پایا۔ "قاہرہ" اس نے دریافت کیا، "یہاں سے کتنی دور ہے؟" دونوں مصریوں نے اسے سوالیہ نظروں سے دیکھا۔ معاً اس نے کہا، "ممفس"

کسان نے ایک سمت کو اشارہ کیا۔ وہ اچک کر گدھے پر سوار ہو گئی۔ بھوک کے مارے برا حال تھا۔ شہر پہنچ کر سب سے پہلے کچھ کھاؤں۔۔۔ مگر فارن ایکس چینج کا کیا ہو گا۔ اور یہ قدیم جاہل جٹ لوگ کہیں میرا روکٹ توڑ پھوڑ کر برابر نہ کر دیں۔ پلٹ کر دیکھا۔ اس اثناء میں چار پانچ گڈریے روکٹ کے گرد جمع ہو چکے تھے اور سجدے میں پڑے تھے۔ اسے دیکھ کر باقی بھی غڑاپ سے سر بسجود ہو گئے۔ ان میں سے ایک نے زمین پر پڑے پڑے نعرہ لگایا، "مرحبا۔ دیبی حاثور!" باقیوں نے کورس میں کہا، "آسمانی رتھ پر آنے والی مادر ہورس ہم پہ کرم کر۔۔۔"

پدما میری چند لمحے خاموش رہی۔ پھر وقار سے بولی، "میرے بچو۔۔۔ میں دیبی حاثور کی داسی ہوں، ایک خفیہ کام سے دیبی نے مجھے زمین پر بھیجا ہے۔۔۔ کسی کو میرے متعلق ہرگز نہ بتانا۔ ورنہ دیبی کا ایسا قہر نازل ہو گا، یاد کرو گے اور میرے آسمانی رتھ کی نگرانی کرتے رہو۔ خبر دار جو اسے ہاتھ بھی لگایا۔۔۔"

ممفس بڑا بارونق شاندار شہر تھا۔ جیسا کہ ممفس کو ہونا چاہئے تھا۔ گدھے والا کنیز حاثور کی دہشت میں تھر تھر کانپ رہا تھا۔ اسے ایک چوک میں اتار کر بھیڑ میں غائب ہو گیا۔ پدما نے چاروں طرف دیکھا۔ یہاں ریستوران نہیں ہوتے ہوں گے؟ اس نے سوچا۔ وہ ایک بڑی دوکان کے سامنے کھڑی تھی۔ اندر الماریوں میں پیپائرس کے گٹھر رکھے تھے ایک جوان خوش شکل، سرو قامت۔۔۔ سنہری لنگی جس پر سیاہ دھاریاں پڑی تھیں، چنی ہوئی ململ کی قبا گلے میں، چوڑا طلائی کنٹھا، زلفوں کے چوکور پٹے، پیشانی پر

بالوں کی جھالر، دوکاندار سے باتیں کر رہا تھا۔ دو حبشی غلام اس کے پیچھے پیپائرس کے بنڈل اٹھائے کھڑے تھے۔

اب یہاں سے سائنس فکشن میں رومانس شروع ہو جانا چاہیے۔ مگر نہیں ہو گا۔ پدما بھوک سے بے حال تھی۔ ریستوران کی تلاش میں ذرا آگے بڑھی تو ایک بند دوکان (جس پر لکھا تھا کرائے کے لیے خالی ہے) کے تھڑے پر ایک باریش بزرگ اکڑوں بیٹھے تسبیح پھیرتے نظر آئے۔ سر پر گول ٹوپی، لمبا چغہ۔ کوچین کے یہودیوں یا سیرین چرچ کے پادریوں یا موپلا مولویوں کی سی وضع قطع۔ ہالی ووڈ کے فلموں والی 'پیریڈ کو سٹیوم' پہنے قدیم مصریوں کے اس انبوہ کثیر میں یک لخت ایک مانوس سی شخصیت۔ اسی وقت ایک لمبا تڑنگا خشمناک مصری چابک اور ایک طویل کاغذ لہراتا بازار کی بھیڑ میں سے نمودار ہوا۔ کاغذ پیر مرد کو تھمایا اور اکڑتا ہوا آگے بڑھ گیا۔ بزرگ نے نوشتے پر نظر دوڑائی اور دل دوز آواز میں پکارے۔

"میخائیل بن حنّان۔۔۔"

لمبی پتلی ناک، سیاہ حساس آنکھوں، حسّاس چہرے والا ایک عبا پوش نوجوان برابر کی گلی سے برآمد ہوا، "خدائے واحد کی لعنت ہو اس بدبخت زمانے پر۔"

"اے عزیز! گریہ کر۔ اور سر پر خاک ڈال کہ ترا نام بھی فہرست میں آگیا۔۔۔

میخائیل کا رنگ زرد پڑا۔ اور اس نے آہستہ سے کہا، "رب ذوالجلال شاید ثوث کے دل میں نیکی ڈال دیوے۔ وہ ربّ ذوالجلال میری روشنی اور میری نجات ہے، جس نے اسرافیل شاہ شنعار اور آریوخ شاہ ایلازار کے عہد میں اہل ایمان کی حفاظت کی۔۔۔"

"امیر زادہ ثوث۔۔۔؟" بزرگ نے سرگوشی میں پوچھا۔ "یا ربّی! میں اسے دیکھ رہا ہوں۔ وہ کاغذ خریدنے آیا ہے۔ میں اس سے بات کرتا ہوں۔۔۔ وہ میرا کلاس فیلو رہ چکا

ہے۔ وہ میری مدد کرے گا۔"

میخائیل جو عہد نامہ قدیم کے اولین صحائف سے بھی پہلے کی عبرانی میں بات کر رہا تھا۔ اس نے یہ لفظ استعمال نہیں کیا تھا۔ لیکن میں قدیم ترین قبطی اور عبرانی دونوں سے ناواقف ہوں۔ (واضح ہو کہ ڈاکٹر کرین اس وقت عبرانی بھی بخوبی سمجھ رہی تھی) میخائیل لپک کر اسٹیشنری مارٹ میں گیا۔ پدما سڑک کے کنارے کھڑی یہ سارا ماجرا دیکھتی تھی۔ خوب رو سنہرے نوجوان نے زرد رو عبرانی سے پوچھا۔۔ "کہو میخائیل آج کل کہاں رہتے ہو؟"

"دریائی چنگی پر کام کرتا ہوں۔"

"بہت خوب۔ بہت خوب۔ کبھی کبھی ملتے رہو"، سنہرے نوجوان نے سرپرستانہ انداز میں اس کا کندھا تھپکایا۔

"ثوث مجھے تم سے ایک ضروری بات کرنی ہے"، عبرانی لڑکے نے جھجک کر کہا اور سرگوشی میں کچھ بتایا۔ امیر زادہ ثوث باوقار انداز میں ایک ابرو اٹھا کر بغور سنتا رہا۔ پھر بولا، "فکر نہ کرو۔ میں آنریبل منسٹر سے بات کروں گا۔"

دفعتاً ان دونوں نوجوانوں کی نظریں اس اجنبی لڑکی پر پڑیں۔ دونوں ایک ساتھ سیڑھیاں اترے۔ امیر زادہ ثوث نے اپنی کہنی کی جنبش سے میخائیل کو پیچھے ہٹایا۔ ظاہر تھا کہ ثوث اور میخائیل میں آقا و محکوم کا رشتہ ہے۔ اب امیر زادہ ثوث ڈاکٹر کرین کی طرف آرہا تھا۔

پدما نے جلدی جلدی سوچا ان لوگوں سے اگر کہوں کہ انڈین ڈانسر ہوں، فارن ٹور پر نکلی ہوں۔ کیا پتہ لے جا کر بازار میں بیچ ڈالیں۔ 'وہ دیبی جاثور کی داسی' والی بات بہتر ہے۔ مگر کسی مندر میں پہنچا کر ناک میں اتنی دھونی دیں گے کہ پانچ دس منٹ میں دم نکل

جائے گا۔ اصل واقعہ بتاؤں تو ان کی سمجھ میں نہ آئے گا۔ ان کی کیا خود میری سمجھ میں نہیں آرہا۔

امیر زادہ ثوث اس کے سامنے کھڑا تھا۔ "لڑکی تم کون ہو؟" اس نے ذرا ڈپٹ کر پوچھا۔ "اور ہماری باتیں اتنے غور سے کیوں سن رہی ہو؟ کس ملک کی جاسوس ہو؟ ایلام۔۔۔اسوریہ۔۔۔؟ ار ار تو۔۔۔؟"

پدمانے ہونقوں کی طرح زور زور سے سر ہلایا اور خوف سے لرز گئی۔ ثوث اس کی نائیلون ساڑی اور امریکن بیگ کو دھیان سے دیکھ رہا تھا۔ پدمانے عجز سے کہا، "حضور! شہزادہ سلامت! کنیز بھوک سے بے دم ہے۔ پہلے کچھ کھلا دیجئے۔ بندی سب کچھ سچ سچ عرض کر دے گی۔"

"میرے ساتھ چلو۔۔۔" امیر زادے نے حکم دیا۔ وہ اس کے پیچھے پیچھے ہو لی۔ نکڑ پر رتھ اسٹینڈ تھا یا رتھ پارک کہہ لیجئے۔ امیر زادے نے پدما کو اپنی برابر بٹھا کر اسپ کو چابک لگایا۔

وہ بازار سے نکلے اور ہیلیو پولس کے فیشن ایبل محلے میں پہنچے۔ کشادہ سڑک کے دونوں جانب شاندار مکان استادہ تھے۔ کوڑا کرکٹ پڑا تھا۔ بچے کھیل رہے تھے۔ ایک سہ منزل حویلی کے سامنے پہنچ کر رتھ رکا۔ وہ اتر کر برآمدے میں گئے۔ جس کے قرمزی پیل پایوں کے سرے کنول کی وضع سے تراشے گئے تھے۔ ایک سیاہ فام بھینگے غلام نے سرخ رنگ کا صدر دروازہ کھولا وہ ہال میں داخل ہوئے۔ اس کے جھل جھلاتے سرمئی فرش کے وسط میں سنگ سیاہ کا حوض تھا۔ سنہرے فیتوں میں لپٹے پیپائرس کے رول الماریوں میں رکھے تھے۔ دیواروں پر رنگین فریسکو۔ یک رخی شکلوں کی قطاریں سنہرے کاؤچ اور کرسیاں! لگتا تھا یہ سارا فرنیچر برٹش میوزیم کے 'اجپشین رومز' سے واپس لاکر

یہاں سجا دیا گیا ہے۔

ثوث نے کھانا لانے کا حکم دیا اور حوض کے کنارے بچھی چرمی گدّوں والی ایک کرسی پر بیٹھ گیا سینڈل اتارے اور سوالیہ نظروں سے ڈاکٹر میری کرین کو دیکھنے لگا۔ پدما میری نے مقابل کی کرسی پر ٹک گلا صاف کیا، "حضور۔۔۔ میں۔۔۔ میں انڈیا سے آرہی ہوں۔۔۔"

"رقص کرتی ہوں۔۔۔" اس نے کھڑے ہو کر موہنی آتم کے چند مدراد کھائے۔ ثوث قطعی متاثر نہ ہوا۔ وہ پھر کرسی پر بیٹھ گئی۔ "جس بادبانی جہاز پر۔۔۔" اس نے بہت سوچ وچار کر کہنا شروع کیا۔۔۔ "بادبانی جہاز پر آرہی تھی وہ سوئز کنال میں تباہ ہو گیا۔ میں ایک تختے پر۔۔۔"

"سوئیز کنال۔۔۔" ثوث نے بہ دقت یہ نام دہرایا اور مزید تشریح کا متوقع رہا۔
اب وہ بالکل ہڑبڑا گئی۔ ثوث نے جھنجھلا کر پوچھا، "اس عبرانی چھوکرے کو جانتی ہو؟"

"عالی جاہ! ربّہ حاثور اور اس کے بیٹے کی قسم۔۔۔ میں یہاں کسی کو نہیں جانتی حضور!" لگتا تھا مقدس ماں اور بیٹے کی قسم پر اسے دفعتاً اعتبار آگیا۔ "اچھا مجھے حضور، حضور مت کہو اور چلو کھانا کھاؤ"، اس نے کہا اور پدما کو ایوانِ طعام میں لے گیا۔۔۔

کنیزوں نے نقرئی قابیں لا لا کر میز پر چننا شروع کیں۔ پدما نے صبح دس بجے بنگلور میں لیباریٹری کی کینٹین میں ڈاکٹر رام ناتھن اور ڈاکٹر رفیق فتح علی کے ساتھ تبادلۂ خیالات کرتے ہوئے فقط ایک پیالی کافی کی پی تھی۔ اس وقت شام کے ساڑھے چار بج رہے تھے۔ اس نے ثوث کی نظریں بچا کر رسٹ واچ اتاری اور بیگ میں رکھ دی اور کھانے کی طرف متوجہ ہوئی جو خاصا بدذائقہ تھا۔

سورج دریائے نیل میں ڈوبنے والا تھا اور صحرائی ہوا میں فرحت بخش خنکی آچلی

تھی۔ وہ اپنی خلیق میزبان کے ساتھ محل کے طویل دالان میں ٹہل رہی تھی۔ اب تک اسے مندرجہ ذیل باتیں معلوم ہوچکی تھیں۔ ثوث کا اصل نام اسطالیس تھا۔ ثوث اس کا سرکاری لقب تھا۔ یہی لقب اس کے باپ کا بھی تھا اور رب ایوانِ کتب ثوث ہرمیز کے نام پر رکھا گیا تھا (اس دیوتا کا ہیبتناک بت اندر ہال میں ایک مقدّس بلّی کی ممی کے نزدیک استادہ تھا)

مسٹر ثوث سینئر فرعون کے چیف اسکرائب اور خاندانی رئیس تھے۔ ثوث جونیئر بھی لکھتا وکھتا رہتا تھا۔ رسم الخط چونکہ تصویری تھا لا محالہ مصوری بھی آتی تھی۔ درباری سازشوں سے الگ رہتا تھا اور شہر کے ادیبوں اور مصوّروں کے حلقے میں اٹھتا بیٹھتا تھا۔ اپنے ملک کے بہت سے دقیانوسی عقائد اور رسوم سے نالاں تھا۔۔ لیکن یہ بڈھے نئ نسل والوں کی کچھ چلنے نہ دیتے تھے۔ چنانچہ یہ ہے مصر قدیم کے اسرار اور رومان کی اصلیت۔ پدمانے مایوسی سے سوچا۔ لائبریری میں جو کاتب بیٹھے صحیفہ متوفین کی نقلیں کرنے میں مصروف تھے، ان میں سے ایک کو زکام ہورہا تھا۔ دوسرا مسلسل اپنا سر کھجاتا تھا۔ دو نوجوان کاتب برابر ایک دوسرے سے لڑرہے تھے۔ انوتی نامی کنیز نہ حسین تھی نہ مہ جبیں۔ چیچک رو اور بھدی سی۔ خود ثوث بالکل نارمل سا لڑکا تھا۔ سوائے اس کے کہ کوٹ پتلون کے بجائے ہالی ووڈ والی پیریڈ کوسیٹوم پہن رکھی تھی۔

فرعون اپنی افواج کے معائنے کے لیے اشوریہ کی سرحد پر گیا ہوا تھا۔ اشوریہ سے کئی سال سے لڑائی جاری تھی۔

"ہم دنیا کی قدیم ترین تہذیب ہیں"، ثوث نے ٹہلتے ٹہلتے بڑے جوش سے کہنا شروع کیا، "یہ کلدانیہ اور اشوریہ والے بھی اپنے متعلق یہی دعویٰ کرتے ہیں اور ہم سے لڑنے آتے ہیں۔ مگر ظاہر ہے کہ ہمارا ان کا کیا مقابلہ۔ ہم ان سے ہر لحاظ سے برتر ہیں۔"

پدما زیر لب مسکرائی، "مگر ایک بات ضرور ہے" ثوث نے دالان کے کتب خانہ میں واپس آتے ہوئے کہا۔ "کلدانی اور اشوری بہت پڑھے لکھے لوگ ہیں۔ یہ الواح دیکھو، اور ساتھ ہی اس قدر سفّاک۔" اس نے سفالی الواح کے انبار کی طرف اشارہ کیا۔ "جنگ سے پہلے ان کی یہ کتابیں سیکڑوں اونٹوں پر لاد کر ہمارے یہاں لائی جاتی تھیں۔" اس نے جھک کر باریک خط میخی میں کندہ ایک لوح اٹھائی۔ "یہ تو میں برٹش میوزیم۔۔۔" پدما نے فوراً زبان دانتوں تلے دبائی۔ پھر جلدی سے پوچھا، "تم یہاں تنہا رہتے ہو ثوث۔۔۔؟"

"والد، بادشاہ سلامت کے ہم راہ محاذ کے معائنے کے لیے گئے ہوئے ہیں۔ امّاں اور بہنیں ملکۂ عالم کے ساتھ موسم گرما کے لیے تھیبز جاچکی ہیں۔ جانا تو مجھے بھی ہے۔ ملکہ عالم نے وہاں جل محل کی دیواریں مصور کرنے کا حکم دے رکھا ہے۔ لیکن میں جب تک صحیفہ متوفین (Book of The Dead دنیا کی قدیم ترین کتاب ہے جو آج سے تقریباً ۶ ہزار سال قبل مصر میں لکھی گئی تھی اس کا ایک نسخہ حنوط شدہ لاشوں کے ساتھ دفن کیا جاتا تھا) کا نیا اڈیشن پورا نہیں کروالیتا کہیں نہیں جاسکتا۔"

"ایک بات بتاؤ ثوث۔ تم لوگ موت سے اس قدر مسحور کیوں ہو۔۔۔؟" پدما نے دریافت کیا۔ "اور کاہے سے مسحور ہوں؟ فانی زندگی سے؟" ثوث نے سوال کیا۔ وہ اس کے ساتھ الماریوں کے آگے سے گزر رہی تھی (اب وہ تصویری رسم الخط بھی پڑھ سکتی تھی) اس نے مختلف عنوانات پر نظر ڈالی۔۔۔ مذہب، اخلاقیات، قانون، طب، علم نجوم، خطابت، ریاضی اقلیدس، سفرنامے ناول، اینطیف (اینطیف ۲۶۰۰ ق۔م) کا لکھا ہوا رومان۔

"موت کے علاوہ اور دلچسپیاں بھی ہیں" ثوث نے مسکرا کر کہا۔ "کتابیں یہاں سے نقل کروا کے تھیبز کے کالج اور لائبریری میں بھیج دی جاتی ہیں۔"

"مجھے نہیں معلوم تھا، تم لوگ اتنے پڑھے لکھے تھے۔۔۔ میرا مطلب ہے۔۔۔ ہو۔۔۔ اقوام تاہ ہوتیپ۔ (تاہ ہوتیپ ۵۵۰ ۳ ق۔ م میں ممفس میں پیدا ہوا) کیا فرماتا ہے تمہارا تاہ ہوتیپ۔"

"وہ فرماتا ہے" ثوث نے ایک ریشمی پارچے کا ٹکڑا الماری میں سے کھینچا اور پڑھنا شروع کیا۔۔۔ "انسانوں میں خوف و دہشت نہ پھیلاؤ خدا اس کی سزا دے گا۔ جو شخص کہتا ہے ساری طاقت اور سارا اقتدار میرا ہے اکثر وہی ٹھوکر کھا کر گر بھی پڑتا ہے۔ ہمیشہ بیت ترحم میں سکونت رکھو۔ دینے والا خدا ہے۔ بندہ یہ نہ سمجھے کہ وہ خود کچھ حاصل کر سکتا ہے۔ اور خبردار۔۔۔ الفاظ کے ذریعہ کبھی فساد نہ پھیلانا۔۔۔"

وہ پھر ٹہلتی ہوئی صحیفہ متوفین کے کاتبوں کی طرف آئی اور دوزانو بیٹھ کر دیکھنے لگی۔ ایک موٹے کاتب نے ناک سنکتے ہوئے ایک تصویری لفظ کے گرد قرمزی موقلم سے بیضوی حلقہ کھینچا۔ "یہ ایک بادشاہ کا نام ہے۔" اس نے چھتری کی تصویر بنائی۔ "شمالی مصر کا تاج سرخ۔ جنوبی کا سفید۔ اور فرعون سورج دیوتا، رع کا بیٹا ہے"، کاتب نے اسے بتایا۔ سورج کے لیے بطخ کی شکل بنا کر اس کے بیچ میں نقطہ لگا دیا اور پانی پینے کے لیے اٹھا۔

"صحیفہ متوفین میں بیالیس اخلاقی احکام درج ہیں" ثوث نے کہا۔ (موسیٰ نے تو یہاں سے جا کر صرف دس احکام ہی دیئے ہیں۔ شکر ہے۔ پدما نے سوچا) "اور ہمارے بیس شاہی خاندانوں کے حالات درج ہیں جو پچھلے تین ہزار سال تک مصر میں حکمراں رہے۔"

"صاحب" ایک ٹرّا کاتب بولا۔ "اب چھٹّی کریے۔ مجھے بہت دور جانا ہے۔ بیوی بیمار ہے۔ کل کے پیسے ملیں گے۔۔۔؟"

"کتنی بار لوگے۔ پیشگی بھی لے چکے ہو"، ثوث نے بگڑ کر کہا۔ "صاحب مجھے بھی کچھ رقم ادھار دے دیجئے۔ میرا لڑکا۔۔۔" دوسرا ملتجی ہوا۔

آہ مصر قدیم کا رومان۔۔۔ پدما وہاں سے اٹھ کر دالان میں آگئی۔ ثوث کاتبوں سے نپٹ کر باہر آیا۔ اس کے ہاتھ میں ایک پارچہ تھا۔ "تمہاری دلچسپی کے لیے صحیفہ متوفین کی ایک حمد نکال کر لایا ہوں" اس نے پدما کو چڑانے کے لیے تبسم کے ساتھ کہا۔ اس کا عنوان ہے، "ایک مردہ زندہ ہو کر رع کی مناجات کرتا ہے، سنو۔"

اس نے برآمدے کے جنگلے پر ٹک کر پڑھنا شروع کیا، "تیرے پُر جلال طلوع پر تیرے کاہن ہنستے ہوئے باہر نکلے۔ تری کشتی سحر سفینۂ شب سے آملی اور ان کے ایوان آوازوں سے گونج اٹھے۔ زمانے گذر جائیں گے۔ وقت تیرے نیچے اپنی خاک اڑاتا رہے گا۔ تو کہ دوش و امروز فردا ہے۔ اے رع! لاکھوں برس گزر گئے۔ لاکھوں گزر جائیں گے۔ انوتی کھانا لگاؤ۔"

"تم کھانا بہت جلد کھالیتے ہو۔۔۔؟" پدما نے کہا۔ "ہاں ورنہ پھر مچھر اور پتنگے بہت ستاتے ہیں۔"

"تم آج شام کو کیا کر رہے ہو؟"

"انوتی۔۔۔" ثوث نے دوبارہ پکارا "معلوم کر کے آؤ چشم ہورس کے بجے شروع ہو گا؟"

"شروع ہو چکا۔" انوتی نے جو کافی منہ چڑھی تھی اندر سے جواب دیا۔ "اچھا! ابھی کھانا رہنے دو۔ چلو"، اس نے بے دلی سے پدما کو مخاطب کیا۔ "تمہیں باہر گھما لاؤں۔ میں نے یہ تماشا اتنی بار دیکھا ہے کہ عاجز آچکا ہوں۔ چلو۔۔۔"

وہ دالان سے اتر کر نیم تاریک سڑک پر آئے۔ کچھ لوگ تھیٹر ہال کی سمت جارہے تھے۔ ہیلیوپولس بہت وسیع علاقہ تھا۔ آدھ میل چلنے کے بعد راستے میں ایک مقبرہ پڑا اس سے ملحق معبد میں بڑی خلقت جمع تھی۔ عود و لوبان کے مرغولے باہر نکل رہے

تھے۔ "یہاں کیا ہو رہا ہے؟" پدما نے پوچھا۔ "کسی آنجہانی فرعون کی روح کو نذرانہ چڑھایا جارہا ہو گا۔ دیکھو گی؟" وہ پدما کا ہاتھ پکڑ کر معبد کے تنگ صحن میں لے گیا۔ "آج کس کی رات ہے؟" اس نے ایک آدمی سے پوچھا۔ "فرعون نفر کارع" اس شخص نے جواب دیا۔ اور زیر لب منتر دہرانے میں مصروف ہو گیا۔ ثوث اور پدما دیوار سے لگ کر کھڑے ہو گئے۔ اندر مقبرے کے سنگلاخ تہہ خانے میں نفر کارع کا کھلا تابوت دیوار کے سہارے کھڑا تھا۔ ململ کی پٹّیوں میں ملفوف ممی بالکل جیتی جاگتی معلوم ہوتی تھی۔

"موصوف کو مرے زیادہ عرصہ نہیں گزرا۔ یہی کوئی ایک ہزار سال ہوئے ہوں گے" ثوث نے سرگوشی میں پدما کو بتایا۔ کاہن کی لرزہ خیز آواز گونجی۔۔۔ "او بادشاہ نفر کارع! چشم ہورس قبول کر اور اسے اپنے چہرے تک لے جا۔" پھر اس نے روٹی اور جو کی شراب کا پیالہ سونے کی تھالی میں رکھ کر ممی کے سامنے پیش کیا۔ "او نفر کارع جس کا جاہ و جلال ختم ہو چکا۔ جو کچھ تیری طرف سے آیا ہے اور اس پر نظر کر اور غسل کر۔ چشم ہورس کے وسیلے سے اپنا منہ کھول۔ او بادشاہ نفر کارع۔۔۔"

پجاریوں کے اژدہام کی وجہ سے دم گھٹا جارہا تھا، ثوث پدما کو باہر نکال لایا۔ "اب ناٹک بھی دیکھو گی۔۔۔؟"

"اس میں بھی یہی چشم ہورس کا وظیفہ ہو گا۔۔۔؟" پدما نے گھبرا کر پوچھا۔ "اتنی دور چل کر آئے ہیں تو دیکھ ہی لیں۔"

ثوث چپ چاپ پھر اس کے ساتھ سڑک پر آ گیا۔ بے چارہ مجھے انٹرٹین کرنے کی خاطر کتنا بور ہو رہا ہے۔ مگر اتنی ڈپریسنگ اندھیری شام کس طرح گزاری جائے۔ تھیٹر ہال وہاں سے زیادہ دور نہ تھا۔ پلے (یہ ڈرامہ فرعون سیسوترس اول کے جشن تاج گزاری کے موقع پر پہلی بار اسٹیج کیا گیا تھا۔ فرانسیسی باستان شناسوں کو اس کا مسودہ راس

شمریٰ کی کھدائی میں ملا) شروع ہوئے بہت دیر ہو چکی تھی۔

اسٹیج پر ہورس، ثوث، سیت اوسائرس دیوتا لوگ اور چند گوالین قصائی اور بچے موجود تھے۔ ہورس نے بچوں سے کہا، "میری دنیا کو میری آنکھ سے معمور کر دو۔۔۔" اسی وقت پردہ گر گیا۔ دوسرا سین شروع ہوا۔ عقیق کی مالا اسٹیج پر لائی گئی۔ ہورس نے سیت سے کہا، "میں نے اپنی آنکھ اٹھالی جو تیرے لیے مثل عقیق ہے۔ میری آنکھ لاؤ جو تیرے لیے عقیق کی طرح سرخ ہو گئی تھی۔ جو تیرے منہ میں جا کر سرخ خون کی طرح سرخ ہو گئی۔" پدما نے ثوث سے سرگوشی میں پوچھا، "کیا ہو رہا ہے؟"

"چمکیلے آسمان کے دیوتا ہورس کو رب طوفان سیت نے اندھا کر دیا تھا۔ رب طوفان وہ آنکھ ہورس کو واپس کر دیتا ہے۔ یعنی طوفان کے بعد پھر خوش گوار موسم۔۔۔" پدما نے سوچا۔۔۔ مصر میں رتیلے طوفانوں سے اندھے ہونے کی بیماری اتنی قدیم ہے اور اس کی کیسی اساطیر تیار ہوئیں۔

"یہ تماشا تو ابھی بہت دیر تک جاری رہے گا۔۔۔ چاند نکل آیا ہے۔ دریا پر چلتی ہو۔۔۔؟" ثوث نے دریافت کیا۔

"اگر تم برا نہ مانو ثوث! تو میں اب گھر جا کر سوؤں گی۔۔۔ صبح آٹھ بجے دفتر۔۔۔" اس نے پھر اپنے آپ کو چیک کیا۔

"بہت خوب" ثوث نے کہا۔ وہ گھر واپس پہنچے۔ غلام کھانے کی میز پر ان کے منتظر تھے۔۔۔ ڈنر کے دوران میں پدما نے اپنے میزبان سے پوچھا، "ثوث۔۔۔ تم نے مجھے عبرانیوں کی جاسوس کیوں سمجھا تھا؟ کیا یہ لوگ تمہارے لیے ایک مسئلہ ہیں؟"

"ہاں" ثوث نے مچھلی سے کانٹا نکالتے ہوئے جواب دیا۔ مشعلوں کی روشنی اس کے

شکیل چہرے پر جھلملا رہی تھی۔ "مگر ہمارے فرماں رواؤں نے اس مسئلے کا بڑا انسانیت کش حل تلاش کیا ہے۔ سارے عبرانی مردوں سے جان لیوا بیگار لی جاتی ہے۔ یہ اہرام جو تم دیکھتی ہو ان میں سے کئی انہوں نے بنائے ہیں۔ بے چارے لاکھوں من پتھر میلوں دور سے ڈھو کر لاتے ہیں اور خون تھوک کر مر جاتے ہیں۔۔۔ بے چارہ میخائیل۔۔۔ اسے دریائی چنگی پر منشی گیری مل گئی تھی اس کا خیال تھا بچ نکلے گا مگر اس کا نام بھی فہرست میں آگیا ہے۔۔۔"

"تم کچھ نہیں کر سکتے؟"

"اکیلا میں۔۔۔ ایک پورے نظام کے خلاف کیا کر سکتا ہوں۔۔۔؟" اس نے افسردگی سے پوچھا۔

کھانے کے بعد ثوث اسے بالائی منزل پر ایک بڑے کمرے میں لے گیا جس کا فرش زرد سوڈانی پتھر کا تھا۔ دریچے کے نزدیک منقش پایوں والی مسہری بچھی تھی۔ وسط میں آبنوس کی گول میز۔ ایک طرف چند منقش چوبی صندوق۔ سنگھار میز کے فولادی آئینے کے سامنے ہاتھی دانت کی مرصع کنگھی ماہی نما نقرئی سرمہ دانی، سرخی و غازے کی جڑاؤ شیشیاں، اور اسی طرح کا دوسرا انسوانی الّم غلّم۔

"یہ میری چھوٹی بہن کا کمرہ ہے"، ثوث نے کہا۔ "تم یہاں آرام سے سو جاؤ صبح جس وقت چاہو اٹھنا۔ انوتی کو آواز دے لینا وہ غلام گردش میں سوئے گی۔ شب بخیر۔"

"شب بخیر ثوث۔۔۔" وہ سر جھکائے شہ نشین میں سے گزرتا زینے کی طرف چلا گیا۔ پلنگ پر لیٹ کر وہ بہت دیر تک باہر دیکھتی رہی۔ کھڑکی کے عین نیچے سنگ سرخ کا وسیع تالاب تھا۔ جس میں کنول کھلے تھے۔۔۔ دور صحرا پہ چاندنی چھٹکی ہوئی تھی اور بڑی سہانی ہوا چل رہی تھی۔ اس نے ایک جھپکی لی تھی کہ مچھروں کی بھنبھناہٹ نے چونکا دیا۔

یہ بڑا مچھر اس کی ناک پر بیٹھا تھا۔ وہ جھنجھلا کر اٹھ بیٹھی اور پھر دریچے کے باہر جھانکنے لگی۔ تھوڑی دیر میں بانسری کے سر خاموش فضا میں بلند ہوئے۔ اس نے نیچے جھک کر دیکھا وہ ثوث تھا جو تالاب کی سیڑھیوں پر چاند کے رخ بیٹھا بانسری بجاتا تھا۔ کہیں یہ بے چارہ عشق میں تو مبتلا نہیں ہوگیا۔ یقیناً ہو گیا۔ آدھی رات کو بیٹھے بے وقوفوں کی طرح بانسری بجا رہے ہیں۔ اب بھاگو یہاں سے صبح منہ اندھیرے۔ ہیلیوپولس سے شہر پناہ تک کا راستہ یاد ہے وہاں سے خرمے کے جھنڈ تک پہنچنے میں آدھا گھنٹہ لگے گا۔ روکٹ میں سات بجے تک گھر۔ یہ حساب لگا کر وہ دوبارہ لیٹ گئی۔ کچھ دیر ثوث کی بانسری سنا کی۔ پھر اسے گہری نیند آگئی۔

ایک گمبھیر آواز نے اسے صبح پانچ بجے ہی جگا دیا۔ اس نے تکیے سے سر اٹھا کر باہر جھانکا۔ تالاب کے کنارے ایک بہت لمبا قوی ہیکل معمر آدمی جو حلیے سے ثوث کا خاندانی کاہن معلوم ہوتا تھا۔ ایک کنول نما ستون پر کھڑا بازو ہلا ہلا کر پانچ سروں میں رع کی حمد خوانی کر رہا تھا۔

"مرحبا آتون۔۔۔ مرحبا۔۔۔ خرپر۔۔۔ لبیک چشم ہورس۔۔۔ اتوم۔۔۔ رب الشمس۔۔۔ خالق اکبر تاہ۔۔۔ سارے جانداروں کے دلوں میں موجود تاہ۔۔۔ جو سوچتا ہے سو ہوتا ہے اپنے کلمے (شروع میں کلمہ تھا اور کلمہ خدا کے ساتھ تھا اور کلمہ خدا تھا۔ یوحنا کی انجیل کا ابتدائی جملہ ہے۔ عہد نامہ جدید مسیحی قرون اولیٰ میں لکھا گیا ہے۔ تاہ کی یہ حمد ۲۴۰۰ ق م کی تصنیف ہے) سے اس نے کائنات تخلیق کی۔۔۔ تاہ تانین۔۔۔ بجرے پر سوار خیپری۔۔۔ اتوم۔۔۔ خالق جن و بشر۔ ان داتا۔۔۔ جس نے اقوام عالم کی تفریق ان کی رنگت سے کی۔ جس کی محبت میں نیل رواں۔۔۔ رحیم و کریم، خدائے واحد۔۔۔ دریا کی مچھلی اور آسمان کے پرندے کو زندہ رکھنے والے۔۔۔ کیڑوں اور بھنگوں

کے پالن ہار۔۔۔ آمون۔۔۔ آتون ہراختے۔ میرے اوپر جگمگا تارہ۔۔۔ تیرے سوا کوئی دوسرا خدا نہیں۔"

رع کی روشنی افق پر پھیلنے لگی۔ ثوث کا پروہت لمبے لمبے ڈگ بھرتا مندر کی سمت چلا گیا۔ جس کی پر شکوہ عمارت فجر کے دھندلکے میں دور سے نظر آرہی تھی۔ پدما نے تکیے کے نیچے سے بیگ نکالا۔ کل سے اس نے چائے کافی کچھ نہ پی تھی اور سر میں درد ہو رہا تھا۔ صبح کو یہ لوگ جانے بریک فاسٹ کیا کرتے ہوں گے۔ تعجب کی بات ہے۔ چائے کی دریافت سے پہلے لوگ کس طرح زندہ رہتے تھے۔ اب یہی دیکھ لو ثوث کس مزے سے جی رہا ہے۔ چائے کافی سگریٹ، سنیما، ٹیلی ویژن، ٹیلیفون، ہوائی جہاز، کمپیوٹر، ایڈورٹائزنگ، پبلک ریلشنز، جرنلزم بے چارہ کچھ بھی نہیں جانتا۔۔۔ چچ۔۔۔ اس نے پھر نیچے جھانکا۔۔۔ میاں ثوث تالاب میں غوطہ لگا رہے تھے اور نیلگوں پانی کا عکس محل کی زمردیں دیواروں پر جل پریوں کے مانند رقصاں تھا۔ پیرتے، پیرتے ثوث نے سر اٹھا کر اوپر جھروکے پر نظر ڈالی اور مسکرایا۔ پھر سیڑھیوں پر جا کر ایک سرخ کنول توڑنے میں مصروف ہو گیا۔

بھاگو۔۔۔ بھاگو۔۔۔ سرپٹ۔۔۔ پدما ہڑبڑا کر اٹھی۔ چپل پہنے، خوابگاہ کا دروازہ کھولا اور باہر نکلی۔ حویلی ابھی خاموش پڑی تھی۔ سارے لونڈی، غلام برآمدوں میں فرش پر لمبی تانے سو رہے تھے۔ وہ دبے پاؤں زینہ اتر کر صحن میں آئی۔ مقدس بیل آئی پیز کے مہیب بت کے نیچے سے گزرتی پکی سڑک پر پہنچی۔ اور بھاگنا شروع کیا۔ مکانوں کے دروازے ابھی بند تھے۔ اکّا دکّا کنجڑا یا ماہی فروش بہنگیاں اور ٹوکریاں اٹھائے کہرے میں سے گزرتا نظر آجاتا تھا۔ ہانپتے کانپتے اس نے در شہر پناہ پر پہنچ کر ہی دم لیا۔ مگر پھاٹک مقفل پڑا تھا۔ چند پہرے دار اوپر فصیل پر ٹہل رہے تھے۔ چار پانچ سنتری پھاٹک کے

سامنے کھڑے تھے۔ ان میں سے ایک للکارا۔۔" او چھوکری! کدھر منہ اٹھائے چلی جاتی ہے۔۔۔"

"دریا پر۔۔۔" اس نے ہکلا کر جواب دیا۔۔"مچھلی پکڑنے۔۔۔"

"مچھلی کی بچی۔۔۔ آج جہاں پناہ واپس آرہے ہیں۔ ان کے آنے سے پہلے پھاٹک نہیں کھلے گا۔۔۔"

"کس وقت آئیں گے؟"

"کیا معلوم کس وقت آئیں گے۔ تو پوچھنے والی کون۔۔۔؟"

وہ نڈھال ہو کر ایک پتھر پر بیٹھ گئی۔ کافی کی طلب میں درد سر بڑھتا جارہا تھا۔ رتھ میں آرہا ہو گا، جُوں کی چال۔ کمبخت فرعون کا بچہ۔ خدا اسے غارت کرے۔ نہ جانے کب تک پہنچے گا۔ اور اب تک اس حرّافہ اتونی نے جا کر ثوث سے جڑ دی ہو گی کہ ہندوستانی رقاصہ غائب ہوگئی۔ وہ بے چارہ کیا سوچے گا۔ مجھے ایسا نہیں کرنا چاہئے تھا۔ کیا پتہ اب اسے یقین ہو جائے کہ میں اشوری جاسوسہ ہوں پکڑوا دے پھر بھیانک قید خانہ۔۔۔ اور۔۔۔ اور۔۔۔ او مدر آف گوڈ۔۔۔ ہولی میری مدر آف گوڈ۔۔۔ برسوں بعد بے اختیار اس نے ساری دعائیں زور زور سے دہرانی شروع کر دیں۔ پھر اس پر منکشف ہوا کہ وہ قبطی میں 'مادر خداوند۔۔۔ مادرِ خداوند' رٹے جارہی ہے۔

ایک بانکا پہرے دار ڈھال تلوار جھنجھناتا اس کے نزدیک آیا اور پوچھا۔ "او چھوکری! کیا تو یہ آئی سس کے مندر کی دیوداسی ہے۔۔۔؟" پدما نے بے بسی سے اثبات میں سر ہلایا۔ "کیا کہتے ہو بھائی خوفو۔۔۔؟" دوسرا سنتری اسے بغور دیکھ کر بولا، "یہ تو وہی ہے دوشیزہ فلک۔۔۔ کل رات ایک گڈریا مجھے بتارہا تھا۔۔" دونوں سنتری فوراً اس کے سامنے سجدے میں گر گئے۔

عین اس وقت پھاٹک کی بھاری زنجیریں کھڑ کھڑائیں۔ نفیری، نقارے اور طبل جنگ کی فلک شکاف صدائیں بلند ہوئیں۔ مسلح پیادے اور تیر انداز مارچ کرتے، گھوڑے ہنہناتے، اراکین سلطنت کی سواری کے پیچھے داخل ہوئے۔ بے انتہا اونچا طلائی تاج اور لباس فاخرہ پہنے فرعون شمال و جنوب اپنے طلائی رتھ میں اکڑا بیٹھا تھا۔ شکل سے کافی بے وقوف معلوم ہوتا تھا۔ اس بھیڑ بھاڑ کے غل غپاڑے میں پدما نے نکل کر بھاگنا چاہا۔ ایک سپاہی نے نیزے سے اس کا راستہ روک لیا۔ "ربّہ حاثور کی پیغامبر۔۔۔ دوشیزۂ افلاک۔۔۔ لبّیک۔۔۔ چشم ہورس۔۔۔ بڑا زبردست شور مچا۔ ہجوم نے اسے بری طرح گھیر لیا۔ اس کا دم لوٹنے لگا۔ اور اسے غش آگیا۔

جب ڈاکٹر پدما میری ابراہام کرین کو ہوش آیا دن ڈھل رہا تھا۔ وہ قصر عین الشمس کے عبادت خانہ میں ایک جواہر نگار مسند پر نیم داز تھی۔ طرح طرح کی خوشبوئیں سلگائی جارہی تھیں۔ کاہنوں کی جماعت، آمون رع۔۔۔ تاہ (قدیم مصری تثلیث۔ تاہ کے ۸ اوتار تصور کیے جاتے تھے) کے ورد میں مصروف تھی۔ تاہ تہیب۔۔۔ آنیتر۔۔۔ کا گیمنی۔۔۔ کسی کو کیا معلوم کیا، ہونے والا ہے۔ یا خدا کس وقت اپنا فیصلہ صادر کرے گا۔۔۔ سراپس۔۔۔ سراپس۔۔۔ اید فو۔۔۔ میں۔۔۔ تاہ۔۔۔ تاہ۔۔۔

ڈاکٹر کرین کا سر چکرا گیا۔ وہ پھر مسند پر ڈھیر ہوگئی۔ سامنے ضعیف العمر فرعون ایک طلائی کرسی پر بیٹھا دانت نکوسے بڑی دلچسپی سے اسے گھور رہا تھا۔ ایک نرم مزاج شاندار سا شخص جو ثوث کا والد معلوم ہوتا تھا۔ بستہ سنبھالے بادشاہ کے نزدیک اسٹول پر بیٹھا تھا۔ دیو قامت چیف پروہت اور زرّیں کمر دیو داسیوں نے بے چاری پدما کو گاؤ تکیے کے سہارے بٹھایا۔ اس نے نحیف آواز میں کہا۔ تھینک یو۔۔۔ بلیک کافی۔۔۔ پلیز۔۔۔ نو شوگر۔۔۔"

"دوشیزۂ فلک کیا کہہ رہی ہے؟" فرعون نے مرعوب آواز میں بڑے کاہن سے دریافت کیا۔ اس نے سر ہلایا۔ "جہاں پناہ! یہ الوہی زبان میری سمجھ میں بھی نہیں آتی۔"

فرعون مصر ہاتھ باندھ کر ادب سے ڈاکٹر کرین کے سامنے کھڑا ہو گیا۔ اور یوں گویا ہوا۔۔۔ "زہرہ جبیں دخترِ افلاک! یہ مصر کی عین خوش نصیبی ہے کہ اشوریہ سے جنگ کے دنوں میں مادرِ خداوند (دیبی حاثور ہورس دیوتا کی ماں مورتیوں میں شیر خوار ہورس کو دودھ پلاتی دکھائی جاتی تھی۔ مسیحیت سب سے پہلے مصر، شام میں پھیلی اور قبیلیوں نے عیسائی ہونے کے بعد 'الوہی ماں اور بیٹے' کے تصور کو مریم عیسیٰ کی پرستش میں منتقل کر دیا۔ کیتھولک کلیسا حضرت مریم کو مادر خداوند کہتا ہے۔) نے تم کو یہاں بھیجا اور فتح کی بشارت دی۔ مابدولت چونکہ خود رع دیوتا کے فرزند ارجمند ہیں، ہمارا فرض ہے کہ بطور مہمان نوازی وسپاس گزاری کل شام کے پانچ بجے تم سے شادی کر لیں۔۔۔"

پدما نے آنکھیں پھاڑ کر اسے دیکھا۔ یہ پیر فرتوت۔۔۔ اس کی ممی میں نے برٹش میوزیم میں دیکھی ہے۔۔۔ میں اس سے شادی کروں گی۔۔۔ کل۔۔۔ اسے دوبارہ چکر آ گیا۔۔۔ آنکھیں بند کر لیں۔ اب پانی سر سے اونچا ہو چکا تھا۔

"دوشیزۂ فلک مراقبے میں چلی گئی"، چیف کاہن نے آہستہ سے کہا۔ کمرے میں بڑی مؤدبانہ خاموشی طاری تھی۔ اس وقت پدما کے ذہن میں ایک خیال کوندا۔ ایک موہوم سی امید۔۔۔ چند لمحوں بعد اس نے آنکھیں کھولیں اور کمزور آواز میں کہا، "تخلیہ۔۔۔ تخلیہ۔۔۔ میں دیبی سے رابطہ قائم کرنا چاہتی ہوں۔۔۔" فرعون، ثوث کا باپ، چیف کاہن اور دوسرے حوالی موالی سب فوراً اٹھ کھڑے ہوئے۔

پدما نے دوسری آکاش بانی سنائی، "فرزند رع سے شادی سے قبل مکمل تنہائی سب دروازے کھلے رکھو۔۔۔ پہرے دار ہٹا دو۔۔۔"

"جو حکم بنت تاہ۔۔۔" بڑے کاہن نے سر جھکا کر عرض کی۔ "کوئی ارضی مخلوق، مرد، عورت، چرند پرند مجھے اپنی صورت۔۔۔ نہ دکھلائے۔" وہ سب مع فرعون مصرفی الفور غائب ہو گئے۔

پدما نے صبح سے کچھ نہ کھایا تھا۔ نذرانے میں جتنے پھل اور مٹھائیاں اسے چڑھائی گئی تھیں چن چن کر پہلے تو وہ صاف کیں۔ منتر پھونکا، شربت غٹ غٹ پی ڈالا۔ تب ذرا حواس بجا ہوئے۔ پھر دریچے سے باہر نظر ڈالی۔ شام ہو چکی تھی۔ ہر سو مشعلیں روشن تھیں۔۔۔ مغنیوں اور سازندوں کا طائفہ بارہ دری کی طرف جاتا نظر آیا جہاں ضیافت کا انتظام کیا جا رہا تھا۔ بڑی گھما گھمی تھی۔ رفتہ رفتہ خاموشی چھائی۔ سارا شاہی خاندان، درباری اور خدام رنگ محل کی سمت چلے گئے۔ کچھ دیر بعد دریچے کے نیچے دو عبرانی غلام چپکے چپکے باتیں کرتے گزرے۔ "نئی شادی کی خوشی میں جشن منا رہا ہے۔ کل ہوگی۔ بڈھا بالکل بولا گیا ہے۔" پدما کھڑکی میں سے ہٹ گئی۔

آدھے گھنٹے بعد وہ عبادت خانہ سے پنجوں کے بل باہر نکلی۔ سنسان برآمدے کے سرے پر ایک دراز ریش عبا پوش عبرانی حلقہ بگوش ہاتھ میں مشعل لیے چپ چاپ کھڑا تھا۔ مارے خوشی کے پدما کے ہاتھ پاؤں پھول گئے۔ اس نے اشارے سے عبرانی کو اپنی طرف بلایا۔ وہ پیر مرد مشعل دیوار کے بریکٹ میں اٹکا کر اس کے قریب آیا۔ پدما نے اس کے کان میں کہا۔۔۔ "چا میں ربّہ حاثور کی آسمانی خواص نہیں ہوں۔" بوڑھے نے اسے دھیان سے دیکھا۔ وہ بہت محتاط بزرگ تھا۔ خاموش رہا۔ پدما نے کہا، "میرا نام مریم بنت ابراہیم ہے۔ خدائے ابراہیم و اسحق کی قسم میرا نام۔۔۔"

گرفتار بلا عبرانی ایک دوسرے کو فوراً پہچان لیتے تھے۔ شکلاً یہ لڑکی بنی اسرائیل میں سے نہیں لگتی تھی مگر خدائے ابراہیم کی قسم کھا چکی تھی۔ بوڑھا متفکر ہوا۔ لڑکی نے دوبارہ

کہا، "بابا۔۔۔ربیّ۔۔۔کیا آپ کا خیال ہے کہ میں دیبی حاثور کی۔۔۔"

"لاحول ولا قوۃ"، مرد ضعیف نے دفعتاً جوش سے کہا۔ "میں مریم بنت ابراہیم ہوں۔"

"جزاک اللہ۔۔۔"

"مجھے کسی طرح عبرانیوں کے محلے تک پہنچا دیجئے۔ میخائیل بن حنان کے گھر تک۔"

"میخائیل بن حنان بہت عام نام ہے اور کچھ اتہ پتہ بتاؤ۔۔۔" وہ دریائی بندرگاہ کی چنگی میں ملازم ہے۔ اور۔۔۔ اگر امیر زادہ ثوث۔۔۔"

"امیر زادہ ثوث اس وقت ایوانِ ضیافت میں فرعون ملعون کے ساتھ کھانا کھا رہا ہے۔ تم کو اس بت پرست نوجوان سے کیا غرض ہے۔ مریم بنت ابراہیم۔۔۔؟"

"کچھ نہیں۔۔۔" پدما میری ابراہام کرین نے جلدی سے کہا۔ "میرے ساتھ آؤ۔" اس نے اپنی عبا اتار کر پدما کو اڑھائی۔ مشعل بجھائی۔ اور اسے چور راستے سے باہر نکال لے گیا۔ تاریک گلیوں میں سے گزرتے وہ ایک خراب و خستہ محلے میں پہنچے۔ ایک شکستہ دروازے پر جا کر بوڑھا آہستہ سے پکارا، "شالوم علیخم یا یعقوب بن شمعون۔۔۔"

"شالوم۔ کون ہے بھائی؟"

"حزقیل بن ذکریا۔"

"آجاؤ۔۔۔" وہ دونوں اندر گئے۔ وہ جمعے کی رات تھی۔ ایک عمر رسیدہ عبرانی اس کی بیوی اور بچے زیتون کے تیل سے روشن منورہ کے سامنے بیٹھے راگ عدتون میں دھیرے دھیرے ایک مناجات گا رہے تھے۔ پدما میری نے عبا اتاری اور کھجور کی چٹائی پر بیٹھ گئی۔ پچھلے کمرے سے میخائیل بن حنان نکل کر آیا۔ جزقیل بن زکریا نے اس کے کان

میں کچھ کہا اور خاموشی سے باہر چلا گیا۔

۱۳۱۵ ق۔م کی اس شب جمعہ (مہینہ اور تاریخ مجھے معلوم نہیں) میری کرین نے ان دکھیاروں کی داستان سنی اور اپنی انہیں سنائی۔ یہ لوگ اس کے ماضی بعید میں موجود تھے۔ اور وہ ان لوگوں کے مستقبل بعید سے آئی تھی۔ لیکن یہ غیر معمولی طور پر ذہین وفہیم انسان جو کچھ اس نے بتایا بآسانی سمجھ گئے۔ خصوصاً نوجوان میخائیل بن حنان جو کرید کرید کر اس سے سوالات کر رہا تھا۔

یعقوب بن شمعون نے آہستہ آہستہ کہنا شروع کیا، "ہمارا مورث اعلیٰ ایک ارمی تھا۔ ابراہیم پیغمبر۔ وہ عبر النہر کے اس پار کلدانیہ کے شہر اُر میں رہتا تھا۔ وہ اپنے خاندان کو لے کر وادئی فرات سے نکلا اور قحط کے دنوں میں چراگاہیں تلاش کرتا پھرا۔ کنعان، مصر۔۔۔ پھر کنعان اور یعقوب بن اسحق بن ابراہیم کے بارہ لڑکے ہوئے۔ اور یوسف بن یعقوب کو اس کے سوتیلے بھائیوں نے۔۔۔"

"مجھے سارا واقعہ معلوم ہے"، پدما نے بے صبری سے کہا۔ رات تیزی سے گزر رہی تھی۔ اگر میخائیل جلد از جلد کسی طرح دریائی راستے سے روکٹ تک پہنچا دے۔ "یوسف کو" پیر مرد کہتا رہا۔ "اسی ممفس کے بازار میں بیچا گیا۔ مگر خدا یوسف کے ساتھ تھا اور۔۔۔"

"مجھے معلوم ہے"، پدما نے کہا۔ "جوزف۔ میرا مطلب ہے کہ یوسف نبی کو منسٹر آف فوڈ اینڈ ایگریکلچر بنا دیا گیا تھا۔۔۔ میرا مطلب ہے۔۔۔ اور انہوں نے اپنے قبیلے کو کنعان سے بلا بھیجا۔"

"اور بنی اسرائیل مصر میں خوب پھولے پھلے۔ اور ملک ان سے بھر گیا اور ایک نئے بادشاہ نے کہا۔ بنی اسرائیل ہم سے زیادہ طاقتور ہو گئے ہیں۔ چنانچہ انہوں نے بنی

اسرائیل پر نگراں مقرر کیے جو ان سے کڑی محنت کرواتے اور انھوں نے فرعون کے لیے تھوم اور رعمسیس کے شہر تعمیر کیے"، یعقوب بن شمعون نے کہا۔

"اور بادشاہ مصر نے دو عبرانی دایاؤں سے جن کے نام شفیرہ اور پواہ تھے، کہا،"جب عبرانیوں کے یہاں لڑکے پیدا ہوں انہیں مار ڈالو۔۔۔"میری کرین نے بے اختیار انجیل مقدس کی اگلی عبارت دہرائی۔۔۔ اس کے میزبانوں نے چونک کر اسے دیکھا۔۔۔"تم کیا کہہ رہی ہو۔۔۔ یہ کب ہوا۔۔۔؟"

تب پدما میری نے سوچا۔ انہیں بتا دینا چاہئے کہ ان کی نجات کا زمانہ دور نہیں۔ اس نے دریچے میں جا کر دیکھا۔ دور قصر عین الشمس میں روشنیاں جھلملا رہی تھیں اس نے کہا۔۔ "پھر بادشاہ رعمسیس دویم نے۔۔۔ عبرانیوں کو حکم دیا، اپنے سارے نوزائیدہ لڑکوں کو دریا میں ڈبو دیں۔۔۔"

"کیا ابھی ہم پر اور بلائیں نازل ہونے والی ہیں۔۔۔؟" زوجہ یعقوب نے دہل کر پوچھا۔

"ہاں! لیکن ایک بچہ موشے بچ جائے گا اور وہ رعمسیس دویم کے محل میں پلے گا۔ اور وہ تم کو مصر سے نکال لے جائے گا۔۔۔" عبرانیوں نے مبہوت ہو کر اسے دیکھا۔۔۔ "لڑکی کیا تم کاہنہ ہو۔۔۔؟ غیب کا علم جانتی ہو۔۔۔؟"

"یہی سمجھ لو اور سنتے جاؤ۔ یہاں سے نکل کر تم بنی اسرائیل کنعان میں سلطنت قائم کرو گے۔ پھر اشوریہ کے بادشاہ تم کو قید کر کے بابل لے جائیں گے۔ تم تورات کے صحائف لکھو گے۔ ایران کا شاہ سائرس تمہیں آزاد کر کے فلسطین بھیج دے گا۔ تمہارے ہاں داؤد بادشاہ کی نسل میں یسوع پیدا ہو گا۔" پدما نے غیر ارادی طور پر صلیب کا نشان بنایا۔ متحیر عبرانی اسے تکتے رہے۔ اس نے کہا،"رومن تمہیں جلاوطن کریں گے۔ تم

ساری دنیا میں مارے مارے پھرو گے۔ پھر۔ آج کی رات سے پورے سوا تین ہزار سال اور ولادت مسیح سے انیس سو اڑتالیس برس بعد تم اسی کنعان میں نئی حکومت قائم کرو گے۔ اور جس طرح تم کو دوسری قوموں نے جلاوطن کیا تھا۔ تم عربوں کو ان کے وطن سے نکال دو گے۔"

"عرب کون۔۔۔؟" میخائیل نے دریافت کیا۔ پدما نے اکتا کر اپنے دور کی عالمی سیاست سے اسے مختصراً آگاہ کیا۔ میخائیل نے جو بڑے دھیان سے اس کی باتیں سن رہا تھا۔ اس سے پوچھا۔ "تمہارے سائنس نے اتنی ترقی کر لی ہے کہ تم روشنی کی رفتار سے تیز تر پرواز کر کے ارضی وقت کی حدود سے باہر ماضی میں پہنچ گئیں۔ اس کے آگے کیا ہو گا۔۔۔؟"

پدما نے گھڑی دیکھی، "مجھے کچھ معلوم نہیں میخائیل۔ لیکن مجھے جلدی سے شہر پناہ کے باہر پہنچادو۔۔۔" رات گزر چکی تھی۔ اور دریائے نیل پر اجالا پھیل رہا تھا۔ "ہمیں بھی اپنے ساتھ اپنے وقت میں لے چلو۔" عبرانیوں نے اس سے التجا کی۔

"نہیں" پدما نے دل کڑا کر کے جواب دیا۔ یہ ممکن نہیں۔ ہم اپنے اپنے وقت سے آگے یا پیچھے نہیں جاسکتے۔ اپنے اپنے دور کی آزمائشیں سہنا ہمارا مقدر ہے۔ ہم تاریخ کو آگے یا پیچھے نہیں سرکا سکتے۔ کاش۔۔۔ وہ سب ہوتا جو نا ہونا چاہئے تھا۔ میں اسرائیل کی نبیہ دبورہ کی طرح تم کو یہ سب بتا رہی ہوں۔ دبورہ چند صدیوں بعد تمہارے ہاں پیدا ہو گی۔ مگر جس زمانے سے میں آئی ہوں، وہ انبیاء کے بجائے سائنسدانوں کا دور ہے۔" عبرانی کنبہ آنسو بہا رہا تھا۔ صرف میخائیل چہرہ سخت کیے دیوار سے لگا کھڑا رہا۔ پدما نے تاسف سے اسے دیکھا۔

دروازے کی کنڈی کھڑکی۔ وہ سب دم بخود رہ گئے۔ یعقوب کی بیوی نے پدما کو ایک

کمبل میں چھپا دیا۔ میخائیل نے کواڑ کھولا۔ دہلیز پر امیر زادہ ثوث کھڑا تھا۔

ثوث نے عبرانیوں سے کہا، "چراغ بجھا دو۔۔۔" اور میری سے مخاطب ہوا۔ "میں شاہی دعوت میں شریک تھا۔ جب میرے ایک خادم نے آکر میرے کان میں چپکے سے کہا کہ آسمانی دوشیزہ غائب ہوگئی۔ ایک پہرے دار نے اسے عبرانیوں کے محلے کی طرف دیکھا ہے۔ میں نے خادم کو حکم دیا کہ اپنی زبان بند رکھے اور سیدھا یہاں آرہا ہوں۔ تم نے مجھے کل صبح کو نہ بتایا چپکے سے بھاگ گئیں۔ فرعون سمیت سارا دربار اور فوجی افسر نشے میں دھت پڑے ہیں۔ مگر تمہیں ڈھونڈ نکالنے میں انہیں دیر نہ لگے گی اور اگر ان کو شبہ ہو گیا کہ تم اشوری جاسوس ہو۔ پتھر سے باندھ کر نیل میں ڈبو دیں گے۔ اپنے متعلق سچ سچ بتادو شاید میں تمہیں بچا سکوں۔"

پدما اور عبرانیوں نے بے بسی سے ایک دوسرے کی طرف دیکھا۔ عبرانی ذہنی ارتقاء کی اونچی سطح پر پہنچ چکے تھے اور پدما کے متعلق سمجھ گئے تھے۔ لیکن بے چارہ ثوث۔۔۔ اتون اور رع اور حاثور کا پجاری۔ صحیفہ متوفین کا کاتب۔ موت کا پرستار۔۔۔ بعید ترین مستقبل کے متعلق اس کی عقل میں کیا آئے گا۔ پدما نے میخائیل کو دیکھا۔ میخائیل نے آہستہ سے کہا، "بتادو حد سے حد یہ تم کو ایک کاہنہ یا ساحرہ تصور کرے گا۔ ورنہ شاید یہ بھی تم کو فرعون کے حوالے کر دے۔"

پدما نے چند الفاظ میں ثوث کو بتایا۔ بڑی حیرت کی بات تھی۔ ثوث سمجھ گیا۔ دو تین منٹ خاموش رہا۔ پھر بولا۔ چلو۔ میں تم کو تمہاری ٹائم مشین تک پہنچائے دیتا ہوں۔"

جس وقت وہ عبرانیوں کو خدا حافظ کہہ کر مکان سے نکلی وہ پھوٹ پھوٹ کر رو رہے تھے۔ وہ ان بے چاروں کو جن کی نسل میں موسیٰ اور عیسیٰ اور کارل مارکس اور سگمنڈ فرائیڈ، اور آئین اسٹائین پیدا ہونے والے تھے، ۱۳۱۵ق۔م کے گھٹاٹوپ اندھیرے

میں بے یار و مددگار کھڑا چھوڑ کر ثوث کے اسپ تازی پر سوار ہو گئی۔ شاید اسی وجہ سے انسان کو یہ صلاحیت نہیں دی گئی ہے کہ وہ آگے یا پیچھے دیکھ سکے۔ ورنہ رو رو کر مر جائے، پدما نے سوچا۔

جس وقت وہ دونوں نخلستان میں پہنچے سورج نکل آیا تھا۔ روکٹ کھجور کے سامنے کھڑا دمک رہا تھا۔ پدما کی جان میں جان آئی۔ لیکن عین اسی وقت فصیل شہر کی طرف سے گرد و غبار کے بادل اٹھے۔ فرعون کے شہسوار نیزے چمکاتے اس کے تعاقب میں اڑے چلے آرہے تھے۔ پدما لپک کر روکٹ کی سیڑھیاں چڑھ گئی اور دروازہ کھولا۔ ثوث نیچے کھڑا رہ گیا۔ وہ گھبرا کر چلّا رہا تھا، "مجھے ساتھ لے چلو۔۔۔ وہ مجھے مار ڈالیں گے۔۔۔ تمہیں فرار ہونے میں میں نے مدد کی ہے۔۔۔ وہ مجھے قتل کر دیں گے۔" پدما نے بوکھلا کر اس کا ہاتھ پکڑا اور اسے اندر کھینچ لیا۔ دروازہ بند ہو گا۔ پدما نے ۱۹۶۶ء کا بٹن دبایا۔

روکٹ ڈاکٹر کرین کے بنگلے کے لان پر اترا۔ وہ دونوں باہر نکلے، صبح کے سات بجے تھے ابھی چاروں طرف سناٹا تھا۔ پدما نے جلدی سے روکٹ کو خالی موٹر خانے میں مقفل کیا۔ گم صم ثوث سبزے پر کھڑا حیرت سے گرد و پیش کو تک رہا تھا۔ دھاری دار اطلسی لنگی، چوڑا اطلائی کنٹھا، بالوں کے چوکور پٹے۔ عجب مسخر الگ رہا تھا۔ پدما کا دل ڈوب گیا۔ یہ بے چارہ یہاں کیا کرے گا۔ وہ اسے ساتھ لے کر بنگلے میں گئی۔ خوش قسمتی سے دونوں بھائی ایسٹر کی تعطیل میں کوچین گئے ہوئے تھے۔ ملازم صبح دس بجے آتا تھا۔ وہ ثوث کو بھائیوں کے کمرے میں لے گئی۔ ان کا وارڈ روب کھول کر اس کے ناپ کے کپڑے تلاش کئے۔

"لباس تبدیل کرو۔ میں ناشتہ تیار کرتی ہوں"، اس نے کہا اور ڈائننگ روم میں جا کر فرج میں سے مکھن انڈے نکالے۔ ٹوسٹر کا پلگ لگایا، پرکولیٹر اٹھایا۔ صبح کا ٹائمز آف انڈیا دہلیز میں پڑا تھا اس کی سرخیوں پر نظر ڈالی اور برقی اسٹوو جلا کر انڈے ابالنے میں مشغول

ہو گئی۔

"ہائے گڈ مارننگ" اس نے چونک کر سر اٹھایا۔ دروازے میں ثوث کھڑا تھا۔ ڈریسنگ گاؤن میں ملبوس، انگلیوں میں سلگتا سگریٹ۔ امریکن لہجے میں "بریک فاسٹ ریڈی؟" پوچھتا کرسی پر بیٹھا اور ٹائمز آف انڈیا کے مطالعے میں منہمک ہو گیا۔

واضح ہو کہ جس طرح ۱۳۱۵ اق۔م میں پہنچتے ہی ڈاکٹر پدما کرین قدیم ترین قبطی اور عبرانی سمجھنے پڑھنے اور بولنے لگی تھی، امیر زادہ ثوث ۱۹۶۶ء میں داخل ہو کر انگریزی، ملیالم اور ہندوستانی سے فی الفور واقف ہو چکا تھا۔

آگے کا قصہ کوتاہ کرتی ہوں۔ پدما نے اپنے حلقے میں ثوث کو ایک 'مصری قبطی دوست' کی حیثیت سے متعارف کیا۔ "مصور ہیں، کلاسیکل مصری آرٹ کے استاد۔ میں ان سے امریکہ میں ملی تھی۔" پھر السید دکتور ثوث الہرمیز نے ٹریڈیشنل مصری تصویریں بنانا شروع کیں۔ جو دھڑا دھڑ بکیں۔ بمبئی میں آپ نے کمبالاہل پر ایک فلیٹ کرائے پر لیا اور بہت جلد شہر کے متمول و مقبول شخصیت بن گئے۔ کسی ترکیب سے ایک گلف اسٹیٹ کا پاسپورٹ حاصل کر لیا۔ مغربی یورپ اور امریکہ کے کئی چکر لگائے۔ عمر شریف کی طرح ہینڈسم، کامیاب، دولت مند رومینٹک، بھائی ثوث ٹھاٹھ کر رہے تھے۔

پدما بدستور جنوبی ہند کی اس لیباریٹری میں ملازم تھی۔ سال پہ سال گزرتے گئے ایک روز اس کی ماں نے کہا، "تمہارا ایجپشین کوپٹک دوست شادی نہیں کرے گا کیا؟ سنا ہے بمبئی میں ہر وقت چھوکریوں میں گھرا رہتا ہے۔" پدما خاموش رہی۔ ثوث کو اس سے ملاقات کرنے کی فرصت ہی نہیں تھی۔ کبھی سال دو سال میں اتفاقاً مل جاتا۔ کرسمس اور سال نو کے کارڈ البتہ پابندی سے بھیجتا۔ بات دراصل یہ تھی کہ پدما معمولی شکل صورت کی سیدھی سی لڑکی تھی۔ اور موسیو ثوث ہرمیز ایک گلیمرس celebrity تھے،

جو حسیناؤں کے نرغے میں شاداں و فرحاں تھے۔ دوسری بات یہ کہ مرد چاہے وہ ۱۳۱۵ ق۔م کا ہو، چاہے ۱۹۷۳ء کا، ذہنیت اس کی وہی رہے گی۔۔۔ بے ہودہ۔۔۔

یہ جون ۱۹۷۵ء کا ذکر ہے۔ پدما دو ہفتے کی چھٹی لے کر اپنی خالہ کے ہاں بمبئی آئی ہوئی تھی اور باندرہ میں ٹھہری تھی۔ ایک شام اس نے ثوث کی خیر خبر لینے کے لیے اسے فون کیا، "اگر تم زیادہ مصروف نہ ہو تو کھانا ہم لوگوں کے ساتھ آکر کھاؤ۔۔۔"

"تم ہی آجاؤ۔۔۔" ثوث کی بے زار سی آواز آئی۔۔۔ "میں اتنی دور باندرہ کہاں آتا پھروں گا۔۔۔" بد دماغی کی بھی کوئی حد ہونی چاہیے۔ پدما نے سوچا۔ مگر وہ ثوث کو بہر حال اپنی ذمے داری سمجھی تھی۔ ٹیکسی لے کر کمبالاہل اولمپیا بلڈنگ پہنچی۔ وہ اپنے لکژری اپارٹمنٹ کے ڈرائنگ روم میں ٹیلی ویژن کے سامنے بیٹھا Brood کر رہا تھا۔ اسکرین پر مصر و اسرائیل کے متعلق ایک مباحثہ ہو رہا تھا۔ پدما جا کر ایک صوفے پر ٹک گئی۔ ثوث اس کی طرف متوجہ نہ ہوا۔ پھر دفعتاً ٹیلی ویژن بند کر دیا۔ اور بولا، "میں مصر جا کر لڑنا چاہتا ہوں۔۔۔"

"یوم کپر وار تو کافی پرانی بات ہو چکی۔۔۔" پدما نے آہستہ سے کہا۔ "رمضان وار۔۔۔" ثوث نے گرج کر تصحیح کی۔ "او۔کے۔ رمضان وار۔۔۔"

"میں فوج میں بھرتی ہو جاؤں گا۔۔۔"

"اس کے لیے غالباً اب تمہاری عمر نہیں ہے۔۔۔"

"شٹ اپ؟" اس نے اسکاچ وہسکی کا دوسرا گلاس بھرا۔ "ثوث تم شراب بہت پینے لگے ہو"، پدما نے نرمی سے کہا۔ ثوث نے جھنجھلا کر جواب دیا۔۔۔ "مجھ سے بیویوں کی طرف بات مت کرو۔"

"آئی بگ یور پارڈن"، اب پدما کو واقعی غصہ آگیا۔ "سوری۔۔۔! پدما۔۔۔ آئی ایم

سوری"، ثوث نے دھیرے سے کہا۔ وہ بہت آزردہ نظر آرہا تھا۔ "ثوث۔۔۔ ہنی۔۔۔ آخر بات کیا ہے۔۔۔؟" پدما نے دریافت کیا۔ "بتاؤں۔۔۔؟" اس نے رک کر کہا۔ "بات یہ ہے کہ پدما! کہ مجھے اپنا وقت یاد آرہا ہے۔ میں اپنے وقت میں واپس جانا چاہتا ہوں۔"

"اپنے وقت میں۔۔۔؟" پدما نے حیرت سے دہرایا۔ "یہ زمانہ چھوڑ کر۔۔۔؟"

"یہ زمانہ۔۔۔؟ اس میں کون سے سرخاب کے پر لگے ہیں۔۔۔؟" اس نے تلخی سے کہا اور پھر ٹیلی ویژن کھولا۔۔۔ نیوز ریل میں دنیا بھر میں بپا جنگوں اور نسلی اور مذہبی فسادوں کے مناظر دکھائے جارہے تھے۔"

"بتاؤ مجھ سے سوا تین ہزار سال بعد تم کتنی متمدن ہو۔۔۔؟ ہم بنی اسرائیل پر ظلم ڈھاتے تھے اور اشوریہ سے لڑتے تھے۔ تم سب ایک دوسرے کے ساتھ بے انتہا پیار محبت سے رہتے ہو۔ ہمارے فراعنہ ستم پیشہ تھے۔ تمہارے حکمراں فرشتے ہیں۔ ہم موت سے ڈرتے تھے۔ تم موت کے خوف سے آزاد ہوچکے ہو۔ تم عالی شان مقبرے نہیں بناتے، مردہ پرستی نہیں کرتے، نوحے نہیں لکھتے، شعر و شاعری بھی ترک کرچکے ہو۔

"تمہارے مذاہب، فلسفے، اخلاقیات، نفسیات۔۔۔" وہسکی کا گلاس میز پر پٹخ کر زور سے ہنسا۔ "تمہاری دیومالائیں، نظریہ تثلیث، روحانیت، یہ، وہ، سب عین سائنٹفک ہیں۔ تمہاری جنگیں ہیومنزم پر مبنی ہیں۔ تمہارا نیوکلیر بم بھی خالص انسان دوستی ہے۔۔۔ ہے نا۔۔۔؟ تمہاری روشنی کی رفتار واقعی تیز ہے۔۔۔؟"

"تم تھوڑی دیر کے لیے خود کو Out of Time محسوس کر رہے ہو اور کوئی بات نہیں۔ چلو پکچرز ہو آئیں۔"

"اوہ ڈوشٹ اپ۔ اینڈ لیو می الون۔"

"او۔ کے۔" وہ اٹھ کھڑی ہوئی۔ "گڈ نائٹ ثوث۔۔۔" وہ دروازے کی طرف بڑھی۔

"پدما۔۔۔"ثوث نے آواز دی۔۔۔"پدما آئی ایم سوری۔۔۔"

"ٹھیک ہے ثوث۔۔۔"

"پدما یہاں آؤ۔ بیٹھ جاؤ۔ سنو۔ بات یہ ہے کہ مجھے اپنے ماں باپ اور بہنیں یاد آرہی ہیں میں اپنے گھر جانا چاہتا ہوں۔ تمہارا وہ روکٹ وہ ابھی تمہارے موٹر خانے میں مقفل پڑا ہے نا۔۔۔؟" ہے تو سہی۔ میں اس کے متعلق سوچنا بھی نہیں چاہتی۔ ڈر لگتا ہے۔"

"مجھے اس میں واپس پہنچا آؤ۔ میں نے کافی مستقبل دیکھ لیا۔"

"تم زیادتی کر رہے ہو۔ ہم اتنے برے تو نہیں۔ یہ تمہارا وقتی موڈ ہے۔۔۔"

"ممکن ہے۔ مگر اصلیت یہ ہے کہ میں ہوم سک ہوں۔۔۔"

"ٹائیم سک۔۔۔" پدما نے تصحیح کی۔ "اچھا جو تمہاری مرضی۔ لیکن یاد رکھو۔ یہ روکٹ روشنی کی رفتار سے آگے صرف چار مرتبہ سفر کر سکتا ہے۔ تم کو ممفس میں چھوڑ کر جب میں اس دفعہ واپس آؤں گی اس کے بعد تم دوبارہ یہاں نہ آسکو گے۔"

"منظور!"ثوث نے کہا۔

سنہ ۱۳۰۶ ق۔ م میں جھیل کے کنارے چرواہا اسی طرح بکریاں چرا رہا تھا۔ نو برس میں وہ جوان ہو چکا تھا۔ پدما اور ثوث کو روکٹ کی سیڑھیاں اترتے دیکھ کر فوراً سجدے میں گر گیا۔ ثوث نے ۱۹۷۵ء سے روانہ ہوتے وقت اپنے پرانے کپڑے اور زیورات پہن لیے تھے۔ اور وہی پرانا ثوث لگ رہا تھا۔ "میں شہر نہیں جاؤں گی۔ تمہارا بادشاہ پھر پکڑے گا۔"

"جہاں پناہ قصر الشمس میں تشریف رکھتے ہیں یا تھیبز گئے ہوئے ہیں۔۔۔؟"ثوث نے چرواہے سے دریافت کیا۔ "پچھلے فرزند رع رحلت فرما چکے۔۔۔"اس نے اہرام کی سمت اشارہ کیا، جہاں ایک نیا مقبرہ تعمیر کیا جا رہا تھا۔ رعمسیس دوم آج کل تھیبز میں رونق افروز ہیں۔"

"پدما! چلو تمہیں تھیبز دکھلاؤں۔ نیا بادشاہ طبعاً بے رحم ہے، لیکن میرے ساتھ کا کھیلا ہوا ہے تم کو کوئی گزند نہ پہنچائے گا۔ اور اپنی ملکہ پر عاشق ہے۔ دوسری شادی کی بھی نہیں سوجھے گی۔ چلو کل پرسوں واپس آجانا۔"

وہ بجرے پر سوار ہو کر تھیبز روانہ ہوئے ثوث اپنے وقت میں واپس آکر واقعی بے حد خوش اور مطمئن نظر آرہا تھا۔ دریا پر دور سے فلک بوس محلات نظر آئے۔ "یہ اسوان ڈیم میں ڈوب چکے ہیں"، ثوث نے پدما کو یاد دلایا۔

"بہت سے بچا بھی لیے گئے ہیں"، پدما نے فوراً جواب دیا۔ ملکہ ہاتیشپست، طوطمس سویم، سیتی اول، ہوردتا اور مین تاہ کے عظیم الجثہ مجسموں کے نیچے سے گزرتا ہوا بط نما بجرہ سمر پیلیس کی سیڑھیوں سے جا لگا۔ ثوث کے والدین بہنیں، اور شاہی خاندان کے چند افراد سامنے وسیع دالان میں کرسیوں پر نیم دراز خوش گپیوں میں مصروف تھے۔ وہ موسم گرما کی ایک سست خرام، کاہل سہ پہر تھی اور دھوپ دریائے نیل پر سے اترتی جا رہی تھی۔ ثوث نے ان سب سے کہا کہ دیبی حاثور کا حکم نہیں کسی کو بتائے کہ دوشیزہ فلک کے ساتھ اتنے عرصے کہاں غائب رہا۔

چوتھے دن وہ تھیبز سے روانہ ہوئی۔۔۔ ثوث اسے نخلستان تک پہنچانے آیا۔ جھیل کے کنارے انہوں نے چاروں طرف نظریں دوڑائیں، پدما سکتے میں رہ گئی۔ کھجوروں کے سامنے روکٹ موجود نہ تھا۔ پدما کی ٹانگیں لرزنے لگیں۔ زمین پاؤں تلے سے نکل گئی اور

وہ وہیں ریت پر بیٹھ گئی۔ ثوث سراسیمگی سے نخلستان کے گرداگرد دیکھ آیا، چرواہوں کو آواز دی۔ سپاٹ رتیلے میدان میں روکٹ کا کہیں دور دور پتہ نہ تھا۔ ثوث پدما کے پاس آیا وہ ریت پر سرنگوں بیٹھی تھی۔ ثوث کی نظر قریب کے ایک پتھر پر پڑی۔ اس کے نیچے پیپائرس کا ایک زرد ٹکڑا دبا ہوا تھا۔ ثوث نے اسے کھینچ لیا۔ پڑھا اور پدما کو دے دیا۔ عبرانی میں لکھا تھا،

مریم بنت ابراہیم۔ شالوم علیخم۔ کل دوپہر پچھلے فرعون علیہ اللعنۃ کے مقبرے کے لیے پتھر ڈھوتے ہوئے مجھے اتنے کوڑے لگائے گئے کہ میں جاں بلب ہو کر پانی پینے کے لیے گھسٹتا اس جھیل پر آیا اور یہاں تمہارا روکٹ فرشتہ رحمت کے مانند جگمگاتا دیکھا۔ نو برس قبل اس رات تم نے مجھے جو کچھ بتایا تھا سب رتی رتی مجھے یاد ہے۔ زیر تعمیر مقبرے کے مصری انجینئر تین چار دن سے آپس میں تذکرہ کر رہے ہیں کہ دوشیزہ فلک امیر زادہ ثوث ہرمیز کو واپس لے آئی ہے اور تھیبز گئی ہوئی ہے۔ اس سے مجھے خیال ہوتا ہے کہ ابھی تم شاید چند روز یہاں قیام کرو گی۔ تم نے یہ بھی کہا تھا کہ رعمسیس دوئم کے عہد میں موسیٰ علیہ السلام پیدا ہوں گے اور کیا معلوم اس وقت جب کہ میں تم کو یہ سطور لکھ رہا ہوں وہ ہمارے محلے کے کسی گھرانے میں پیدا ہو چکے ہوں لیکن ان کے بڑے ہونے اور ہمارے ایکزوڈس میں ابھی بہت دیر ہے، کیا جانیے کب ہوگا اور کیا ہوگا۔ میں اب اگر شہر واپس جاتا ہوں۔ عبرانی غلاموں کا نگران اعلیٰ جو میرے خون کا پیاسا ہو رہا ہے، مجھے ریت میں زندہ دفن کر دے گا۔ لہٰذا جان عزیز بچانے کے لیے تمہارے روکٹ پر بیٹھ کر تمہارے وقت میں جا رہا ہوں۔ سب سے پہلے نیو یارک جاؤں گا جس کے بارے میں تم نے مجھے اس رات بتایا تھا، اس کے بعد اسرائیل، وہاں سٹیل ہوتے ہی فوراً جلد از جلد، خدائے ابراہیمؑ و اسحاقؑ کی قسم میں یہاں آ کر تم کو تمہارے وقت میں لے جاؤں گا۔ جو

آج سے میرا وقت بھی ہے۔

تمہارا بھائی میخائیل بن حنّان بن یعقوب (آج سے مائیکل۔ ایچ۔ جیکب عرف مائیک)

پرچہ پدما کے ہاتھ سے ریت پر گر گیا اس کی آنکھوں تلے اندھیرا چھایا اور چکرا کر گرنے لگی۔ ثوث نے اسے فوراً سنبھالا۔

"پدما! اس نے لکھا ہے تم کو لینے واپس آئے گا۔ گھبراؤ نہیں میں اسے بچپن سے جانتا ہوں۔ ایماندار، راست باز لڑکا ہے۔ یاد کرو۔ میں بھی اپنی جان بچانے کی خاطر تمہارے ساتھ بھاگ نکلا تھا۔ وہ ضرور واپس آئے گا۔"

"ثوث۔۔۔" پدما میری نے آہستہ سے کہا۔ "۱۹۷۵ء سے روانہ ہوتے وقت میں نے تم کو بتایا تھا یہ روکٹ روشنی کی رفتار سے آگے صرف چار مرتبہ پرواز کر سکتا ہے۔"

***

یادگار افسانوں کی ایک اور کتاب

قرۃ العین حیدر کے چار یادگار افسانے

مصنفہ : قرۃ العین حیدر

بین الاقوامی ایڈیشن منظر عام پر آچکا ہے